오셀로

Othello

세계문학전집 53

오셀로

Othello

윌리엄 셰익스피어

최종철 옮김

민음사

일러두기

1 번역에 사용한 저본 및 참고본은 작품 해설에 밝혀 두었다.

2 고유명사의 표기는 국립 국어원의 외래어표기법을 따르는 것을 원칙으로 하였다. 다만 이미 굳어져 널리 쓰이고 있는 표기 등은 예외를 두었다.

3 원문에서 의도적으로 어법에 맞지 않게 쓴 표현은 그대로 살려 번역하거나 일부 방언을 사용하였고 각주로 표시하였다.

4 독자의 편의를 위해 대사의 행수를 5행 단위로 표기하였으며, 이는 원문의 길이와 전체적으로는 거의 같지만 완벽하게 일치하지는 않는다.

한 행이 계단식 배열로 표시된 것은 1) 한 인물이 같은 행을 나누어 말하거나 2) 둘 이상의 인물이 같은 행을 나누어 말하는 경우이다.

5 막의 구분 없이 장면의 연속으로만 진행되던 셰익스피어 당시의 공연 관행을 반영하기 위하여 막과 장의 숫자만 명기하고 장소는 각주에서 설명하였다.

차례

등장인물

오셀로 무어인, 베네치아 정부에 고용된 장군
브라반티오 데스데모나의 아버지, 베네치아 원로원 의원
카시오 정직한 부관, 오셀로의 부하
이아고 악한, 오셀로의 기수
로데리고 속임수에 빠진 베네치아 신사
공작 베네치아의 군주
원로원 의원들
몬타노 키프로스의 오셀로 전임 총독
신사들 키프로스인
로도비코 베네치아 귀족, 데스데모나의 사촌
그라티아노 베네치아 귀족, 데스데모나의 삼촌
선원
광대
데스데모나 오셀로의 아내, 브라반티오의 딸
에밀리아 이아고의 아내
비앙카 매춘부, 카시오의 연인

사자, 전령, 관원, 신사, 악사 및 시종들

장소 제1막 베네치아, 제2~5막 키프로스

1막 1장

이아고와 로데리고 등장.

로데리고 쳇, 말도 안 돼, 참말로 섭섭해 이아고,
　　　　　내 지갑을 마음대로 여닫는 자네가
　　　　　이번 일 같은 건 알고 있었어야지.

이아고 제기랄, 말도 안 들어 보고 그러시네.
　　　　　제가 만약 그런 일을 꿈이라도 꿨다면　　　　　5
　　　　　저를 혐오하세요.

로데리고　　　　　　　　　바로 자네 입으로
　　　　　그자를 미워한다, 그랬어.

이아고　　　　　　　　　　　사실이 아니라면
　　　　　절 경멸하세요. 이 도시의 거물급 세 명이
　　　　　그의 부관감으로 저를 몸소 천거하며
　　　　　모자를 벗었고, 진실에 맹세코　　　　　10
　　　　　제 몸값은 그 자리 못잖다고 압니다.
　　　　　근데 그는 자만에 찬 제 복안만 챙기면서
　　　　　지독하게 전쟁 냄새 팍팍 나는 말투로
　　　　　에둘러 허풍 떨며 확답을 피하다가

1막 1장 장소 베네치아. 브라반티오의 저택 바깥 길거리.
3행 이번 일 보통 오셀로의 결혼을 가리킨다고 말하나 확실치 않다. 셰익스
피어는 두세 명의 인물이 등장하여 극의 내용과 관계없는 대화를 주고받는
것으로 극을 시작하는 경우가 있으니까. (아든)

결론적으로는   15
그분들을 퇴짜 놨죠. '사실은 난 이미
장교를 골랐소.'라고 했으니까요.
그게 누구냐고요?
참말이지, 위대하신 탁상공론가로서
마이클 카시오라는 피렌체 출신으로   20
예쁜 아내 만나서 신세 조질 녀석인데
전장에 부대를 배치한 적도 없고
전열에 관해서는 개뿔도 몰라요. ─
예복 입은 로마의 집정관도 그자만큼
탁월하게 펼 수 있는 책 속의 이론만   25
빼놓고 말입니다. 무경험에 순 떠버리,
그의 자질 전붑니다. ─ 근데 그는 선택받고
로도스와 키프로스, 그 밖에도 기독교와
이교도 전장에서 자신의 두 눈으로
증거를 확인한 이 몸은 회계사 녀석에게   30
밀리고 밟혀야만 합니다. 수판알 튀기는
이자는 때맞춰 부관 되고, 빌어먹을,
이 몸은 이 무어 어른의 기수여야 한다고요!

28행 로도스와 키프로스 이 비극의 배경이 되고 있는 십자군 전쟁에 대한 최
초의 언급이다. (뉴케임브리지) 특히 키프로스는 제2막부터 이 비극의 무대
가 되는 곳이다. 터키는 1570년에 그곳을 차지하였고 이 작품의 창작 시기
라고 생각되는 1601~1604년경에는 전 유럽을 공포에 몰아넣을 정도로 세
력을 떨치고 있었다.

로데리고	원 참, 나라면 차라리 그의 목을 매달겠네.	
이아고	별수 없죠, 이게 바로 군복무의 저주니까.	35
	각각의 후임자가 선임자를 이어받는	
	오래된 연공제가 아니라 추천과 정실로	
	승진이 된답니다. 자 이제 판단해 보세요,	
	어떤 점이 타당해서 제가 이 무어인을	
	사랑해야 되는지.	
로데리고	나라면 섬기지 않겠네.	40
이아고	아, 진정하십시오!	
	제 목적을 이루려고 그를 섬기니까요.	
	우리가 다 상전은 될 수 없고, 또 모든 상전을	
	충실히 섬기지도 않지요. 주목하시겠지만	
	공손하게 절하는 수많은 녀석들이	45
	스스로 순종하는 속박에 푹 빠져서	
	주인의 나귀와 흡사하게 여물만 얻어먹고	
	세월을 보내다가 늙으면, 쫓겨나죠.	
	이런 착한 놈들에겐 채찍을! 또 다른 부류는	
	복종하는 태도와 안색을 보이지만	50
	속마음은 자기네 자신들만 보살피며	
	주인들께 봉사하는 시늉만 낸 다음	
	그들을 이용하여 번성하고 실속을 차렸을 땐	

39행 무어인 오셀로는 여기에서 처음으로 그의 인종을 지칭하는 무어인으로 불린다.

자신들만 예우하죠. 이자들이 기백 있고
저도 분명 그런 사람입니다. 왜냐하면   55
당신이 로데리고인 것이 확실하듯
제가 무어인이면 이아고는 아닐 테니까요.
전 그를 섬기면서 자신을 섬기는 것뿐인데
하늘에 맹세코 사랑과 복종이 아니라
그런 걸 가장한 개인 목적 때문이죠,   60
왜냐하면 제 마음 본래의 움직임과 의도가
외적인 행동으로 드러나게 된다면
전 머잖아 속마음을 만천하에 까발리고
멍청이들까지도 알게 할 테니까요.
지금의 제 모습은 제가 아니랍니다.   65

로데리고 이걸 성사시키면 입술 굵은 그치는
운수 대통이잖아!

이아고   그녀의 아버지를
깨우고 뒤쫓고 그 기쁨에 독을 타고,
길에서 그를 막 헐뜯고 그녀 친척 약 올리며
그가 비록 풍요로운 나라에 산다 해도   70
파리가 들끓게 하라고요! 그의 이번 환희가
환희라 하더라도 짜증 나게 만들어
김새게 해 버려요.

로데리고 이게 그녀 아버지 집인데 큰 소리로 불러야지.

이아고 예, 인구 많은 도시에서 소홀한 밤중에   75
불길을 보았을 때처럼 겁먹은 어조와

	절박한 고함으로 그렇게 하세요.
로데리고	여보시오! 브라반티오, 브라반티오 어르신!
이아고	일어나요! 브라반티오! 도둑, 도둑, 도둑이야!
	집 안을 돌아봐요, 당신 딸과 돈 자루도. 80
	도둑이야, 도둑이야!

브라반티오 창문에 등장.

브라반티오	이렇게 무섭게 불러내는 이유가 무언가?
	거 무슨 일인가?
로데리고	어르신, 식구가 다 집 안에 있습니까?
이아고	문은 다 잠겼어요?
브라반티오	왜? 뭣 때문에 묻는가? 85
이아고	젠장, 강도가 뺏어 가요, 창피하니 옷 입어요!
	당신 가슴 터지고 영혼 반쪽 잃었어요.
	지금 막, 지금요, 바로 지금, 늙고 검은 숫양이
	당신의 흰 암양에 올라타요! 일어나요, 일어나,
	코 고는 시민들을 종소리로 깨워요, 90
	안 그럼 마왕 덕에 손자 보게 될 테니까,

81행 무대 지시문, 창문 대부분의 엘리자베스 시대 무대에는 발코니 또는 위
층에 연기 공간이 있었고, 몇몇 무대에서는 출입구 위쪽의 뒷면 발코니 옆
으로 창문이 있었던 듯하다. (뉴케임브리지)
91행 마왕 오셸로. 악마들은 검다고 생각되었기 때문이다. (아든)

일어나시라고요!

| 브라반티오 | 뭐, 당신 정신 나갔어? |

로데리고　존경하는 의원님, 제 목소리 아시지요?

브라반티오　모르겠네, 누군가?

로데리고　　　　　　　　로데리고입니다.

브라반티오　더더욱 잘못 왔네!　　　　　　　　　　　　95

내 문간 근처엔 얼씬대지 말라 했지.

솔직하고 분명한 내 말을 들었잖나,

내 딸은 안 된다고. 근데 이젠 미쳐서

저녁과 속 뒤집는 술을 잔뜩 퍼먹고

심술궂은 만용으로 내 평온을 깨려고　　　　　　100

이리 왔단 말인가?

로데리고　저, 저, 저 ―

브라반티오　　　　　　하지만 확실히 해 두건대

이 일로 자네는 내 성격과 지위의 위력을

쓰디쓰게 맛볼 거야.

로데리고　　　　　　　참으세요, 어르신!

브라반티오　뭐, 도둑을 맞았다고? 여기는 베네치아야,　　105

내 집은 농가도 아니고.

로데리고　　　　　　　지엄하신 브라반티오,

전 단순한 마음으로 당신께 왔습니다. ―

이아고　젠장, 어르신, 당신은 악마가 시키면 하느님

조차도 섬기지 않을 사람이군요. 우린 당신

을 도우려고 왔는데 우리를 불한당이라 생　110

각하니까 당신 딸이 아랍 말과 교접하는 일
이 생길 겁니다. 이제 당신 손자들은 당신에
게 힝힝댈 것이고 조랑말을 조카로, 청색 말
을 친척으로 가지게 될 겁니다!

브라반티오   입버릇 더러운 넌 누구냐?   115

이아고   어르신, 전 당신 딸과 무어인이 지금 배를 맞
추고 있다는 말씀을 드리려고 온 사람입니다.

브라반티오   네놈은 악당이다!

이아고   당신은 의원입죠!

브라반티오   이건 네가 책임져라. 너를 안다, 로데리고!

로데리고   예, 뭐든 책임지지요. 하지만 간청컨대   120
당신 뜻과 참으로 현명하신 동의 아래
약간은 그런 줄 압니다만, 고우신 따님이
자정을 방금 넘긴 한산한 이 밤중에
싸구려 천한 일꾼 곤돌라 뱃사공의
받으나 마나 한 호위밖에 못 받으며   125
음탕한 무어인의 저속한 품 안으로
운반된 거라면 — 만약 이걸 아셨고
허락도 하셨으면 저희가 오만불손했습니다.

118행 당신은 의원입죠   이 대사를 전달하는 두 가지 방법은 1) 이아고가 좀
불손한 이름을 내뱉을 뻔하다가 삼키고는 '의원입죠'로 바꾸거나, 2) 반어적
으로 공손하게 말함으로써 지위 높은 브라반티오의 존엄성을 의심케 만드
는 것이다. (뉴케임브리지)

근데 만약 모르시면 제 예법으로는
꾸지람을 잘못하셨습니다. 제가 예의범절을   130
모두 다 저버리고 이렇게 어르신을
가지고 논다고 믿지는 마십시오. 따님은
만약에 당신의 허락이 없었다면
다시 말씀드리지만, 자신의 도리와 미모와
지성과 행운을 여기저기 온 사방을 떠도는   135
이방인 놈에게 맡기면서 엄청난 반역을
일으켰습니다. 즉각 확인하십시오,
그녀가 자신의 방이나 집 안에 있다면
이렇게 현혹시킨 대가로 국법의 처벌을
제게 내리십시오.

브라반티오   여봐라, 불을 켜라.   140
촛불을 가져와라, 하인들을 다 불러라.
이 사건은 내 꿈과 다르지 않구나,
그걸 믿는 마음이 이미 나를 짓누른다.
불, 불을 가져와라!   (위에서 퇴장)

이아고   작별해요, 전 가야 하니까.
제 처지에 무어인의 반대편에 서는 건   145
머물면 그리될 터인데, 알맞지도 이롭지도
않을 것 같습니다. 왜냐하면 이 정부는
제가 잘 알지만 이 일로 그를 좀 견책하여
얼마든지 부아를 돋울 순 있으나
안전하게 해고할 순 없답니다, 왜냐하면   150

그는 지금 한창인 키프로스 전쟁에
너무나 요란한 지지를 받으며 나가는데
그것을 지휘해 그들의 영혼을 구해 줄 역량의
딴 인물은 전혀 없기 때문이죠. — 그 점에서
제가 그를 지옥의 고통처럼 미워해도   155
당장의 생계에 필요하기 때문에
사랑의 깃발과 표시를, 순전히 표시지만
보여야만 한답니다. 그를 꼭 찾으려면
소집된 수색대를 사지타로 데려가요,
전 거기에 그와 함께 있지요. 그럼 잘 있어요.   160
                                (퇴장)

잠옷 걸친 브라반티오와 횃불 든 하인들 등장.

브라반티오   진짜 나쁜 짓이다. 딸애는 사라졌고
역겨운 내 인생에 다가올 것이라곤
쓰라림뿐일 거다. 그런데 로데리고,
어디서 걔를 봤지? — 오, 불행한 내 딸아! —
무어인과 함께라고? — 누가 아비
　　노릇 한담? —   165

159행 사지타　여관 또는 개인 주택의 이름. (아든 2) 사지타 또는 사지타리
우스는 켄타우로스라고도 불리는 신화적인 인물로 허리 위는 인간을, 그 아
래는 말의 모습을 닮았다.

그 앤 줄 어떻게 알았나? ─ 오, 걔는 나를

감쪽같이 속였어! ─ 뭐라던가? ─

　　햇불 더 가져와.

친척을 다 깨워라. 그들이 결혼했다, 생각해?

로데리고　정말로 했다 생각합니다.

브라반티오　허 참, 어떻게 나갔지? 오, 혈육의 배신이여!　　170

─ 지금부터 아비들은 딸들의 마음을

그들의 행동을 보고는 믿지 마오. ─

어린 처녀 심성을 나쁜 길로 빠뜨리는

묘약이 있잖던가? 로데리고, 그런 걸

읽어 본 적 없는가?

로데리고　　　　　　　　　예, 정말로 있습니다.　　175

브라반티오　내 동생을 불러라. ─ 오, 자네가 걜 가졌으면!

몇 명은 이 길로, 몇 명은 저 길로.　　이디시

그 애와 무어인을 체포할지 아는가?

로데리고　든든한 호위를 데리고 저와 함께 가시면

제가 그를 찾아낼 수 있다 생각합니다.　　180

브라반티오　인도해 주게나. 집집마다 뒤져야지,

대부분 내 명을 따를 걸세. 여봐라!

무기를 지참하고 야경 별동대원도 깨워라.

앞서게 로데리고, 수고는 보답하지.

　　　　　　　　　　　　　　(모두 퇴장)

1막 2장

오셀로, 이아고 및 횃불 든 시종들 등장.

이아고　　제가 비록 실전에선 사람을 죽였지만
　　　　　계획된 살인은 않는 게 양심의 본질이라
　　　　　여기고 있답니다. 전 때로 저에게 이로운
　　　　　사악함이 모자라죠. 한 열 번쯤 놈을 여기
　　　　　갈빗대 밑으로 콱 쑤실까 생각했답니다.　　　　5

오셀로　　그대로 두는 게 좋겠지.

이아고　　　　　　　　　　　그렇긴 하지만
　　　　　그놈은 장군님 험담을 너무나 비열하고
　　　　　도발조로 지껄여
　　　　　경건한 마음이 조금밖에 없는 저는
　　　　　참느라 엄청 애를 먹었죠. 하지만 장군님,　　　10
　　　　　단단히 결혼하셨습니까? 명심하십시오,
　　　　　그 귀인께서는 사랑을 많이 받고
　　　　　공작의 두 표에 버금가는 잠재력을
　　　　　가지고 있어서 당신을 이혼시키거나
　　　　　법이 허용하는 한 자신의 강제력을　　　　　　15
　　　　　모조리 동원하여 그 무엇으로든 당신을

1막 2장 장소 사지타 바깥 길거리.
12행 그 귀인 브라반티오를 가리킨다. 지금까지 이아고가 '놈'이라고 얘기한
사람은 로데리고였다.

제약하고 괴롭힐 겁니다.

오셀로   심술을 부리라 해,
그 불평은 원로원에 내가 봉사한 것으로
막을 수 있을 테니. 알려지진 않았어도 —
그 사실을 자랑함이 명예임을 알게 될 때   20
공표하겠지만 — 나는 내 생명과 존재를
왕족으로부터 받았으며 내 공훈은
내가 얻은 이 커다란 행운에 조금도
꿀릴 게 없다네. 알아 두게, 이아고,
데스데모나 님에 대한 내 사랑만 아니어도   25
걸림 없는 내 자유에 제한을 두는 일은
바닷속 보물을 다 준다 하여도
없었을 테니까. 근데 봐, 저게 웬 횃불이지?

카시오, 관원들 및 횃불 든 이들과
함께 등장.

이아고   저것은 깨어난 아버지와 친구들이니까
피하는 게 상책이죠.

오셀로   아니, 그들을 만나야 해.   30
내 천품과 권리와 완벽한 내 영혼이
올바르게 나를 드러낼 것이다. 그들인가?

이아고   야누스에 맹세코, 아니네요.

오셀로   공작의 하인들이? 그리고 내 부관이?

친구들, 모두들 좋은 밤 맞이하길!   35
무슨 소식이라도?

카시오   장군님, 공작께서 인사하고
부리나케 출두하라 요청하셨습니다,
바로 지금 말입니다.

오셀로   뭔 일인 것 같은가?

카시오   제가 추측하건대 키프로스 건인데
좀 긴박한 일입니다. 바로 오늘 저녁에   40
여러 척의 군함에서 열두 명의 전령을
줄줄이 꽁무니를 이어서 보냈으며
많은 의원님들이 일어나 만난 뒤 공작 댁에
이미 와 있습니다. 당신도 화급히 불렀는데
숙소엔 없다는 걸 알고서 원로원에서는   45
당신을 찾으려고 수색대 세 팀을
이리저리 보냈지요.

오셀로   자넬 만나 다행이군.
난 여기 집 안에 들어가 몇 마디만 나누고
자네와 함께 가지.   (퇴장)

카시오   기수, 그가 왜 여기 있지?

이아고   아, 오늘 밤 땅 위의 보물선을 덮쳤는데   50

33행 야누스 로마 신화에 등장하는 두 얼굴을 지닌 신으로 성과 집의 문을
지킨다. 전쟁과 평화를 상징한다.
50행 보물선 데스데모나를 빗대어 하는 말.

합법적인 나포이면 평생 팔자 고치셨죠.

카시오   뭔 소리야?

이아고   결혼을 하셨어요.

카시오   누구와?

이아고   그 상대는 —

오셀로 등장.

자, 대장님, 가실까요?

오셀로   그러지.

카시오   여기에 당신 찾는 부대가 또 왔군요.

브라반티오, 로데리고,

횃불과 무기 든 이들과 함께 등장.

이아고   브라반티옵니다. 장군님, 조심하십시오,   55

나쁜 뜻을 품었어요.

오셀로   여봐라, 멈춰라!

로데리고   의원님, 무어인입니다.

브라반티오   저 도둑놈 잡아라!

52행 누구와 오셀로에 의하면(3막 3장 102행) 카시오는 이 결혼을 처음부터
알고 있었던 것 같다. 그렇다면 그는 여기에서 시치미를 떼고 있는 셈이다.
(아든)

(양편 모두 칼을 뽑는다.)

이아고　　　로데리고, 덤벼라, 내가 상대하겠다.

오셀로　　　빛나는 칼 거두어라, 밤이슬에 녹슬 테니.

　　　　　　의원님, 무기보단 나이로 명령하면　　　　　　60

　　　　　　더 나으실 것입니다.

브라반티오　오, 이 더러운 도둑놈, 내 딸 어디 뒀느냐?

　　　　　　저주받은 놈 같으니, 넌 걔를 호렸어,

　　　　　　왜냐하면 상식이 있다면 다 물어볼 테니까,

　　　　　　그 애가 마법의 사슬에 묶이지 않고서야　　　65

　　　　　　그렇게 부드럽고 아름답고 행복하며

　　　　　　그렇게도 결혼에 반대하여 이 나라 부잣집의

　　　　　　곱슬머리 총각들을 멀리했던 처녀가

　　　　　　대중의 비웃음을 사려고 보호를 박차고

　　　　　　너 같은 잡것의 숯 검댕 가슴으로 달려간 적　70

　　　　　　있었는지 말이다. 겁나서지 기뻐서가 아니다.

　　　　　　세상이여 판정하라, 네놈이 걔에게

　　　　　　추악한 마법 쓰고 그 예민한 어린것을

　　　　　　혼미하게 만드는 약이나 광물로 더럽힌 게

　　　　　　명백하지 않은지. 그걸 문제 삼을 테다.　　　75

58행 로데리고　이아고가 특히 로데리고를 지목하는 이유는 가능하다면 자신의 물주인 그를 이런 우발적인 싸움에서 잃고 싶지 않아서일 터이다. (아든)

59행 밤이슬에　즉, 피로 녹스는 것이 아니라. 오셀로는 직업적인 투사로서 민간인 싸움꾼들을 조소하고 있다. (뉴케임브리지)

그건 그럴듯하고 이치가 분명해.
그러므로 난 너를 세상을 속이는 자,
금지된 무허가 사술을 쓰는 자로
체포하고 구속한다. 이자를 붙잡아라.
만일 저항한다면 위해를 주더라도   80
제압하라!

오셀로   너희들의 그 손을 멈추어라,
내 편은 물론이고 나머지 사람들도.
싸워야 할 계제라면 귀띔이 없었어도
알아챘을 것이다. 제가 어느 곳으로
당신이 제기한 고소에 응하기 위하여   85
가길 원하십니까?

브라반티오   감옥으로 가야지,
알맞은 때 정상적인 절차 따라 법이 너를
부르기 전까지는.

오셀로   제가 복종한다면
공작께선 그것을 어찌 납득하실까요?
그분의 사자들이 나라의 당면 문제 때문에   90
저를 데려가려고 바로 여기 제 곁에
와 있는데?

관리   맞습니다, 최고위 의원 나리,
공작께선 회의 중이시고 의원님도 분명히
부르셨을 것입니다.

브라반티오   뭐? 공작이 회의 중?

이 밤중, 이 시각에? 이자를 데려가라,   95
내 사건도 사소한 건 아니다. 공작 자신
또는 내 동료 의원 누구라도 이것을
자신의 치욕처럼 안 느낄 수 없을 거다.
이따위 행위가 자유롭게 허용되면
이 나라 정치는 노예와 이교도가 할 테니까.   100

　　　　　　　　　　　　　　(모두 퇴장)

1막 3장

공작과 원로원 의원들 등장,
시종들이 둘러서고 불을 밝힌 탁자에 앉는다.

　공작　여기 이 소식에는 우리가 믿을 만한
　　　　일관성이 없소이다.
　의원 1　　　　　　　　　정말로 숫자가 다르오.
　　　　내 편지엔 군함이 일백칠 척이군요.
　공작　내 편지엔 일백사십이고.
　의원 2　　　　　　　　　　난 이백이군요.
　　　　정확한 숫자는 비록 들쑥날쑥해도 ―   5
　　　　이렇게 추측해서 보고하는 경우에는
　　　　자주 차이 나는데 ― 이 모든 편지에서

1막 3장 장소 회의실.

터키의 함대와 키프로스 방향은 확증됐소.

공작   예, 충분히 그렇게 판단할 수 있으며

나도 그 숫자상의 오류를 과신한 나머지   10

그 주된 내용을 두려운 마음으로

안 받아들이는 건 아니오.

선원   (안에서) 이봐요, 이봐요!

선원 등장.

관원   군함에서 보낸 전령입니다.

공작   그런데? 용건이 무언가?

선원   터키 군이 로도스로 움직이고 있다고   15

정부에 보고하란 안젤로 어른의

명을 받았습니다.

공작   바뀐 걸 어떻게 생각하오?

의원 1   있을 수 없지요,

그 어떤 논리로도. 이것은 허세이며

눈가림입니다. 키프로스가 터키에게   20

중요하단 사실을 고려할 때 터키는

로도스보다는 거기에 더 관심 있고

16행 안젤로 아마도 전함의 지휘관인 것처럼 보인다. 그에게 이름을 부여하
는 것은 뒤에 나오는 루시코스의 경우만큼이나 작품의 내용과 무관한 듯하
다. (아든 2)

또 적게 싸우고도 차지할 수 있음을
우리가 다시 한번 헤아려 봅시다,
그곳은 군사적인 방어가 튼튼치 못하여   25
우리가 로도스에 갖춰 놓은 역량에
훨씬 못 미치니까. 이것을 염두에 둔다면
터키가 최우선 사업을 맨 뒤로 돌리고
쉽고도 득이 많은 공격을 무시한 채
쓸데없는 위험을 자초할 정도로   30
판단력이 부족하다 생각해선 안 됩니다.

공작　그렇소, 확신컨대 로도스는 아니오.

관원　소식이 더 왔습니다.

전령 등장.

전령　존경하는 의원님들, 오스만 터키인들이
로도스섬 쪽으로 키를 잡고 항해 중   35
그곳에서 뒤따른 함대와 합류하고 ―

의원 1　그렇지, 내 생각대로야. 추정하는 숫자는?

전령　삼십여 척으로 현재는 항로를 되돌려
공공연히 목표인 키프로스 쪽으로
접근하고 있습니다. 믿음직하시고   40
최고로 용감하신 충복인 몬타노 어른께선
기꺼이 봉사하며 이같이 통지하고
구원병을 보내 달라 간청하셨습니다.

공작	그렇다면 키프로스가 확실하군.
	마르쿠스 루시코스가 시내에 있지 않소? 45
의원 1	지금은 피렌체에 있지요.
공작	짐의 글을 전하라, 지급에 지급으로.
의원 1	브라반티오와 용감한 무어인이 오는군요.

브라반티오, 오셀로, 카시오, 이아고,
로데리고 및 관리들 등장.

공작	용감한 오셀로, 공공의 적 오스만에
	맞서서 싸우는 데 그대를 써야만 하겠소. 50
	(브라반티오에게) 못 알아봤소이다.
	잘 오셨소, 의원님,
	오늘 저녁 도움과 조언을 얻고 싶었소이다.
브라반티오	나도 그랬소이다. 공작께선 용서하오,
	내가 잠을 깬 것은 지위 때문이거나
	뭔 사건을 들었기 때문도 아니며 55
	공적인 걱정에 사로잡혀서도 아니고
	사적인 비탄이 봇물처럼 나를 내리눌러서
	그 밖의 슬픔들을 뒤덮어 삼키고도
	여전하기 때문이오.

45행 마르쿠스 루시코스 안젤로보다 더 수수께끼 같은 인물. (아든 2)
49행 공공의 모든 기독교 국가들과 기독교인들의 입장에서.

공작	왜 무슨 일이오?
브라반티오	내 딸이, 오 내 딸이!
모두	죽었소?

브라반티오   내게는 그렇소.   60
그 애는 돌팔이에게서 산 부적과 약물로
정신을 뺏기고 납치되어 더럽혀졌소이다.
결핍이나 눈멂, 마비된 감각도 없는데
그토록 황당하게 본성을 어기는 건
마법 없인 불가능하니까요.   65

공작   이 추악한 방법으로 딸에게선 그녀 자신,
또 당신에게선 딸애를 이렇게 속여 뺏은
그자가 누구이든 살벌한 법전을
당신의 뜻에 따라 조목조목 가혹하게
읽게 해 드리겠소, 예, 비록 짐의 친아들이   70
소송을 당했어도.

브라반티오   각하께 감사드리옵니다.
이 사람, 이 무어인이오, 나랏일 때문에
각하의 특명으로 지금 이리 온 것처럼
보이긴 합니다만.

모두   그거 아주 유감이오.

공작   (오셀로에게) 그대는 이에 대해 무슨 말을
할 수 있소?   75

브라반티오   없겠지, 그렇다는 것 말고는.

오셀로   최고로 강력하고 존엄하신 의원님들,

대단히 고귀하고 존중받는 주인님들,
제가 이 노친의 따님을 데려간 건
정말 사실입니다. 사실 전 그녀와 결혼했고   80
바로 그게 제 범죄의 최고 최대치로서
그 이상은 없습니다. 제 말씨는 거칠고
부드러운 평화 시의 어법은 모릅니다.
왜냐하면 제 팔뚝을 일곱 살 적 힘 가진 뒤
약 아홉 달 전까지는 천막 친 전장에서   85
최고로 소중하게 사용했기 때문에
다툼과 싸움에 관련된 눈부신 행위 말고
이 넓은 세상 얘긴 할 게 없기 때문이죠.
그래서 자기변호에서도 제 주장을 조금도
미화 않으렵니다. 하지만 인내해 주신다면   90
솔직하고 꾸밈없이 제 사랑의 진 과정을
얘기해 드리지요, 무슨 약물 무슨 주문
무슨 요술 부리기와 무슨 막강 마력으로 ―
그러한 수단을 썼다고 기소되었으니까 ―
이 따님을 얻었는지.

브라반티오   대담한 적 절대 없고   95
너무나 조용하고 과묵하여 미동에도
얼굴을 붉히던 처녀였다. 근데 걔가
본성, 연령, 나라, 평판, 모든 차이 무시하고
겁나서 못 쳐다보던 것과 사랑에 빠졌다고?
완벽한 그 애가 본성의 뭇 법칙을   100

그토록 어길 수 있다고 자인하는 판단은
마비됐을뿐더러 가장 불완전하니
왜 이리된 것인지 간교한 지옥의 술책을
밝혀야만 합니다. 그래서 다시 단언하건대
이자는 피를 크게 자극하는 합성 약물   105
아니면 그 비슷한 효능 가진 마약을
그 애에게 썼습니다.

공작   단언은 증명이 못 되오,
그에 맞서 내놓으신 엉성한 겉치레와
상투적인 모습 띤 희박한 가능성보다 더
확실하고 명백한 증거가 없다면 말이지요.   110

의원 1   하지만 말해 보오, 오셀로.
그대는 비뚤어진, 강압적인 방법으로
이 어린 처녀의 애정을 짓밟고 먹칠했소?
아니면 영혼과 영혼이 주고받는 간청과
순수한 대화로 얻었소?

오셀로   부탁드리옵건대   115
사지타로 숙녀를 부르러 보내고
자기 부친 앞에서 제 얘기를 시키시죠.
그녀의 답변에서 제가 정말 더러우면
제게 주신 여러분의 신뢰와 공직을
빼앗을 뿐 아니라 사형까지 제 목숨에   120
내리게 하십시오.

공작   데스데모나를 이리로 데려오라.

오셀로   (이아고에게) 기수가 안내하게, 그곳을
                가장 잘 아니까.
            전 그녀가 올 때까지 하늘에 고하듯
                              (시종 두셋과 이아고 퇴장)
            제 핏속의 악덕을 진실하게 고백하고   125
            또 제가 어떻게 이 고운 숙녀와
            서로의 사랑을 키웠는지 충실하게
            진술하겠습니다.

공작   말해 보오, 오셀로.

오셀로   그녀의 부친은 저를 아껴 여러 번 불렀고
            제 인생 얘기를 한 해 한 해 짚어 가며   130
            늘 물어보셨지요. — 전투, 공성, 운명 같은
            제 과거 경험을요.
            저는 그걸 저 소싯적에서 얘기를 명받은
            바로 그 순간까지 쭉 훑어 나갔지요.
            그러면서 불길한 우연과 물과 또한   135
            뭍에서 벌어진 돌변하는 사건들과
            임박한 죽음의 돌파구를 겨우 빠져나온 일,
            오만한 적에게 잡힌 뒤 노예로 팔렸다가
            그러한 상황에서 구출된 일과 같은
            고달픈 제 이력서의 행위들을 말했지요.   140
            그러면서 거대한 동굴과 메마른 사막들
            험악한 돌산과 하늘 닿은 바위와 언덕을
            얘기할 기회였고 — 그렇게 진행했죠 —

또 서로를 잡아먹는 식인종들이며
인육 호식인들과 머리가 어깨 아래쪽으로   145
자라는 인간들도 말했지요. 이것을 듣고자
데스데모나는 진지하게 마음이 쏠렸지만
늘 집안일 때문에 자리에서 물러났고
그걸 급히 처리할 수 있었을 땐 언제나
되돌아온 다음 굶주린 듯 제 담화를   150
경청하곤 했습니다. 전 그걸 알아채고
한번은 적당한 시간 잡고 알맞은 방법 찾아
그녀의 진지한 마음의 기도를 끌어냈죠,
그녀가 조금씩은 뭔가를 들었으나
주의 깊게 못 들었던 제 인생 순례를   155
쭉 펼쳐 달라고 하게끔. 저는 동의하였고
젊었을 때 겪었던 괴로움 가득한
삶의 타격 얘기로 그녀의 눈물을 여러 번
정말 훔쳐 냈습니다. 제 얘기가 끝났을 때
수고의 대가로 그녀는 세상 한숨 다 쉬었고   160
참으로 이상해요, 대단히 이상해요, 불쌍해요,
놀랍도록 불쌍해요, 라고 장담했으며
얘기를 안 들었길 바랐지만 그래도 하늘이
자기를 그런 남자 만들길 바랐죠. 그녀는
감사하며 이르기를, 그녀를 사랑하는   165
제 친구가 있다면 제 얘길 가르치는 것만으로
자기를 얻을 거라 했지요. 이 귀띔에 말했는데,

그녀는 제가 겪은 위험 땜에 절 사랑하였고
전 그녀가 그걸 정말 동정해서 사랑했죠.
이것이 제가 쓴 유일한 마법이랍니다.   170

                데스데모나, 이아고 및 시종들 등장.

숙녀가 왔으니 이것을 증언케 하십시오.

공작 이 얘기면 내 딸도 얻을 것 같소이다.
브라반티오 의원, 깨진 그릇 최대한 맞춥시다.
맨주먹보다야 부서진 무기라도
쓰는 게 낫지요.

브라반티오   쟤 말을 들어 봐 주시오.   175
구애의 절반은 자기가 했다고 고백하는데도
그릇된 책망을 남자에게 내린다면
내가 벼락 맞겠소! 규수는 이리 와라.
넌 이 모든 귀인들 중 누구에게 최고로
순종할 의무가 있다고 보느냐?

데스데모나   아버님,   180
전 이제 도리가 양분되었음을 봅니다.
전 당신께 생명과 양육의 은혜를 입었는데
그 생명과 양육으로 당신을 존경하는
방법도 배웠죠. 당신은 제 도리의 주인이고
전 여태껏 딸이었죠. 근데 여긴 남편이고   185
어머니가 장인보다 당신을 앞세우며

당신께 보여 주신 도리와 꼭 같은 만큼이
제 주인 무어인의 몫임을 공언할 수 있도록
요구하겠습니다.

브라반티오　잘 가라, 내 일은 끝났소.　　　　　　　　　190
각하께선 국사를 돌보시기 바랍니다.
자식을 낳느니 차라리 입양이 더 낫겠다.
이리 오게 무어인,
진심으로 난 자네가 이미 갖지 않았다면
진심으로 자네에겐 안 넘기고 싶은 걸　　　　　195
자네에게 주겠네. 보배야, 너 때문에
딴 자식이 없다는 게 지극히 기쁘구나,
네 도주로 말미암아 독재를 배우고
족쇄를 채웠을 테니까. 끝났어요, 각하.

공작　　　　의원과 내 처지를 바꾸어 한마디 한 다음　　　200
내 말이 씨가 되어 두 연인이 의원의 호의를
얻게 해 주시오.
치유책이 없을 때는 최악 사태 봄으로써
희망 뒤에 매달렸던 슬픔들이 끝나는 법.
지나가고 끝나 버린 가해 행위 슬퍼함은　　　　205
새로운 가해 행위 불러오는 길이 되고
운명 여신 앗아 갈 때 지킬 수가 없는 것은
그 손해를 참으면서 그 여신을 조롱하며
뺏기고도 웃는 자는 강도 것을 되훔치고
쓸데없이 슬픈 자는 그 자신을 뺏는다오.　　　210

브라반티오	그렇다면 터키인들 키프로스 사취할 때
	웃음 짓고 있는 한은 잃지 않은 셈이군요.
	뻔한 말씀 들으면서 부담 없는 위로밖엔
	견딜 것이 없는 자는 그 말씀을 잘 견디나
	짧은 인내 동원하여 큰 비탄을 삭이는 길, 215
	그것밖에 없는 자는 말씀 슬픔 다 견디오.
	각하께서 하신 말씀 병이 되든 약이 되든
	양쪽 모두 강력하여 소화하기 나름이오.
	그렇지만 말은 다 말, 상처 입은 속마음을
	귀를 통해 치료했단 얘기는 통 못 들었소. 220
	공손히 청컨대 국사를 돌보도록 하십시오.
공작	터키가 아주 막강한 군대를 이끌고 키프로
	스로 향하고 있소이다. 오셀로, 그곳의 군사
	력은 그대가 가장 잘 알고, 또, 비록 우리가
	최고로 자격 갖춘 대리인을 그곳에 두고 있 225
	지만 그래도 결과의 최고 조정권자인 여론에
	따라 그대가 더 안전하다는 판단을 내렸소.
	그러므로 그대는 새로 얻은 이 빛나는 행운
	에 먹칠하는 거칠고 난폭한 이번 원정에 만
	족해야만 되겠소. 230
오셀로	근엄하신 의원님들, 전 습관의 강압으로
	전장의 차갑고 딱딱한 잠자리를
	최고로 부드러운 털 침대로 여깁니다.
	역경에 처했을 때 찾아내는 제 고유의

	즉각적인 기민함이 있음을 상기하고	235
	오스만에 맞서는 이 전쟁을 떠맡겠습니다.	
	그러므로 고관들께 참으로 겸허하게	
	고위직에 허리 숙여 간청컨대 아내에게	
	적절한 조치와 지위 배려 그리고 수당을	
	그녀의 교육에 어울리는 수준의	240
	숙소 및 벗과 함께 원합니다.	

공작 아, 친정집이 있지 않소.

브라반티오 난 그렇게 못 하겠소.

오셀로 저도 못 하겠습니다.

데스데모나 저 또한 거기에 머물면서
아버지 눈에 띄어 심기를 불편하게 245
해 드리긴 싫습니다. 관대하신 공작님,
제 말씀을 호의를 베풀어 들으시고
직접 인가하시어 저의 어리석음을
지원해 주십시오.

공작 무엇을 원하느냐, 데스데모나. 250

데스데모나 제가 이 무어인과 살려고 사랑한 사실이
거침없는 제 폭거와 운명 조롱 행위로
온 세상에 퍼지기를. 제 가슴은 주인님의
바로 그 성품에 철저히 정복당했답니다.
오셀로의 얼굴을 전 그의 마음에서 보았고 255
또 그의 영예와 용맹스러운 자질에
제 영혼과 운명을 헌납하였습니다.

그런데 의원님들, 그이는 전장으로 나가고

전 평온한 나방처럼 뒤에 남아 있다면

둘이 나눌 사랑의 의식을 빼앗기고   260

그이의 가혹한 부재로 어려운 시간을

견뎌야 할 것입니다. 함께 가게 해 주세요.

오셀로   그녀를 지지해 주십시오.

하늘을 증인 삼아 저는 이런 부탁을

제 욕심의 혓바닥을 즐겁게 해 주거나   265

제게는 퇴화된 젊은 열정, 음욕과

그 적절한 충족에 응하려는 게 아니라

그녀의 마음에 관대해지려고 합니다.

또 그녀가 제 곁에 있다 해서 여러분의

중대한 업무를 소홀히 할 거란 생각은   270

하늘이 금할 테니 마십시오. 예, 만약에

날개 달린 큐피드의 경박한 희롱에

저의 시각 기관이 방탕으로 흐려지고

그래서 놀이로 제 할 일을 썩히고 망친다면

주부더러 제 투구를 냄비로 쓰게 하고   275

부끄럽고 추잡한 역경은 모조리

제 명성을 향하여 돌진토록 하십시오!

공작   그녀가 가든 남든 그 결정은 그대가

사적으로 내리시오. 사태가 긴박하여

빨리 대처해야겠소.

의원 1   오늘 밤 떠나야 하겠소.   280

데스데모나	각하, 오늘 밤에?
공작	이 밤이다.
오셀로	기꺼이 가지요.
공작	우린 아침 10시에 여기 다시 모입니다.
	오셀로, 장교 누구 하나를 남기면
	그가 짐의 위임장과 그 밖의 물건들
	그대와 관련된 계급 또는 지위를
	전달할 것이오.
오셀로	괜찮으시다면 제 기수를.
	정직하고 믿음직한 사람이랍니다.
	그에게 아내의 호송을 맡깁니다,
	각하께서 필요성을 고려해 나중에 보내실
	그 밖의 것들과 함께요.
공작	그리하오.
	모두들 편안히 쉬시오. 그리고 의원 어른,
	미덕에도 기쁨 주는 아름다움 없잖다면
	의원님의 이 사위는 검기보단 훨씬 희오.
의원 1	잘 가요, 무어 용사, 데스데모나에게 잘해요.
브라반티오	눈 있거든 이 애를 살펴보게, 무어인,
	아버지를 속였으니 자네를 속일지도.

(공작, 브라반티오, 의원들, 장교들 함께 퇴장)

오셀로	그녀의 정절에 이 목숨을. 정직한 이아고,
	데스데모나를 자네에게 맡겨야만 되겠네.
	자네 처가 시중들게 해 주길 바라고

285

290

295

	가장 좋은 때를 골라 그녀를 데려오게. 300
	이리 와요, 데스데모나, 그대와 함께할
	사랑과 세상일과 지시에 쓸 시간은
	한 시간뿐이라오. 시의에 따라야 한다오.

(오셀로와 데스데모나 함께 퇴장)

로데리고 이아고!

이아고 왜 그러나, 이 양반아? 305

로데리고 난 어떡할까, 자네 생각은?

이아고 뭐, 가서 잠이나 자지.

로데리고 난 못 참고 바로 물에 빠져 죽을 거야.

이아고 그럭하면 난 다시는 자넬 좋아하지 않을 거
야. 어리석은 신사 같으니라고, 왜? 310

로데리고 사는 게 고문일 땐 사는 게 어리석은 짓이지.
그리고 죽음이 우리의 의사가 되었을 땐 죽
으라는 처방을 받은 셈이고.

이아고 오, 치사하다! 내가 이 세상을 칠 년씩 네 번
이나 살면서 이익과 손해를 구분할 수 있게 315
된 뒤로 자기 자신을 아낄 줄 아는 사람은

296행 무대 지시문 브라반티오가 몸을 돌려 퇴장하려 할 때 데스데모나는
아버지의 축복을 받으려고 무릎을 꿇도록 연출하는 경우가 종종 있다. 그
가 거절한다는 사실은 그녀에게 또 하나의 충격이다. (아든)
297행 그녀의⋯이아고 한 줄의 시행에 데스데모나에 대한 오셀로의 무조건적
인 신뢰와 이아고의 정직성에 대한 그의 마찬가지로 무조건적인 확신을 병
치하는 데에 아이러니가 있다. (아든)

단 하나도 못 봤어. 나라면 뿔닭 암컷 한 마
리에 대한 사랑 때문에 빠져 죽겠다고 말하
기 전에 차라리 내 인간성을 개코원숭이와
바꾸겠네.   320

로데리고 난 어떡해야지? 이토록 반하는 게 수치란 건
고백해. 하지만 난 천성적으로 그걸 못 고쳐.

이아고 천성? 씹이다! 우리가 이리되고 저리되는 건
다 우리한테 달렸어. 우리 몸은 정원이고 우
리의 의지는 그 정원사야. 그래서 우리가 쐐   325
기풀을 심거나 상추 씨를 뿌리거나, 꿀풀은
꽂아 놓고 백리향은 뽑아 버리며 한 가지 약
초로 거기를 채우거나 여러 가지를 마구 심
어 놓거나, 태만을 부려 불모로 만들거나 부
지런히 비료를 주거나 간에 ─ 글쎄, 그렇게   330
할 힘과 바로잡을 권한은 우리의 의지에 있
다네. 우리의 삶이라는 저울에서 한쪽의 이
성이 다른 쪽의 욕정과 균형을 맞춰 주지 않
는다면 우린 본성의 저급한 욕정에 이끌려
참으로 어처구니없는 결과를 맞을 거야. 하   335
지만 우리에겐 이성이 있어서 발광하는 충

314~315행 칠…살면서 왜 셰익스피어는 이아고의 나이를 이토록 정확하게
지적할까? 이아고는 오셀로보다는 아래고, 어린 로데리고(5막 1장 11행)보
다는 위다. (아든)

동, 색욕의 자극, 무절제한 쾌락을 식혀 주는
데, 내가 보기엔 당신이 사랑이라 부르는 것
도 이런 것들 가운데 한 줄기나 가지야.

로데리고 그럴 리가 없어. 340

이아고 그건 순전히 피 끓는 성욕이고 욕심이 허락
한 결과야. 자, 남자답게 굴어! 빠져 죽어? 고
양이와 갓 난 강아지나 빠뜨려. 난 내가 자
네 친구임을 공언했고 고백건대 이 몸이 쇠
밧줄에 묶이더라도 자네가 보답을 꼭 받게 345
해 주겠네. 내가 자네에게 지금보다 더 쓸모
있을 순 없어. 지갑에 돈을 넣고 이번 전쟁
을 쫓아가, 가짜 수염으로 얼굴을 바꾸고 그
렇지, 지갑에 돈을 넣어. 데스데모나가 이 무
어인을 계속 오래 사랑한다는 건 있을 수 없 350
어. ─지갑에 돈을 넣어 ─그도 마찬가지고.
그녀로선 격정적인 출발이었으니까 그에 걸
맞은 결별을 보게 될 거야. ─지갑에 돈을
넣어. 이 무어인들은 욕심이 변하는 자들인
데 ─지갑을 돈으로 채워. 지금은 그에게 캐 355
롭처럼 맛있는 음식도 머지않아 땡감처럼 떫
은맛이 날 거야. 그녀는 그를 젊은 남자와 바
꿔야 해. 그의 몸에 물리게 되면 잘못된 선택

355~356행 캐롭 초콜릿보다 더 달콤하고 맛있는 열매.

이었음을 알 테고 사람을 바꿔야만 해. 반드
시. 그러니까 지갑에 돈을 넣어. 지옥에 떨어 360
질 필요가 있거든 빠져 죽는 것 말고 좀 더
세련된 방법으로 해 봐. — 모을 수 있는 돈
은 다 모아. 만약 이 떠돌이 야만인과 이 닳
고 닳은 베네치아 여자 사이의 허례와 덧없
는 맹세가 내 재주로도 또 지옥의 모든 족속 365
들도 깨지 못할 만큼 굳은 게 아니라면, 자네
가 그녀를 즐길 거야. — 그러니까 돈을 모아.
빠져 죽긴, 염병할! 얼토당토않아. 빠져 죽어
서 그녀를 못 차지하느니 차라리 환락을 성
취하면서 목매달려 죽겠다고 해. 370

로데리고　　내가 그 결말을 기다리면 희망을 꼭 이루게
해 줄 텐가?

이아고　　날 굳게 믿게 — 가, 돈을 모아. 자네에게 자
주 말했지만 그리고 다시, 또다시 말하지만
난 이 무어인을 미워해. 그 이유는 내 가슴에 375
맺혔고 자네도 못지않은 까닭이 있으니 우리
복수할 때 서로 내통하세. 자네가 그에게 오
쟁이를 지울 수만 있다면 그건 자네에겐 쾌
락이고 내겐 오락이야. 시간의 자궁 속엔 태
어날 사건들이 많이 들어 있어. 앞으로, 가, 380
돈을 마련. 이 얘긴 내일 더 하고. 잘 가.

로데리고　　아침엔 어디서 만날까?

이아고	내 숙소에서.
로데리고	일찍 가겠네.
이아고	허 참, 잘 가게. — 알아들었어, 로데리고?	385
로데리고	뭐라고?
이아고	빠져 죽는 얘기 안 하는 거, 알아들었어?
로데리고	난 마음을 바꿨어. 땅을 다 팔 거야.
이아고	허 참, 잘 가게, 지갑에 돈을 충분히 넣어.

(로데리고 퇴장)

난 항상 이렇게 바보를 내 돈줄로 만든다. 390
저따위 멍청이와 시간을 보내는 게
내 재미와 내 이득 때문이 아니라면
난 내가 애써 얻은 지식과 경험을
모독하는 셈이지. 나는 이 무어인을 미워해.
그리고 쫙 퍼진 소문으론 그가 내 침대에서 395
남편 일을 했다는데 사실인진 모른다.
하지만 난 그런 일엔 혐의만 가지고도
확실한 것처럼 행동해. 그는 날 좋게 본다.
그래서 내 의도가 더 잘 먹혀들 거야.
카시오는 멋쟁이야. 그러니 어디 보자, 400
그 자리를 차지하고 내 뜻도 다 이루는
이중의 악행이라. 어, 어떻게? 어디 보자,
좀 있다가 오셀로의 귀를 속여 카시오가
제 아내와 지나치게 친하다고 해 볼까.
그는 풍채 좋은 데다 몸가짐이 점잖아서 405

의심받게, 여자가 바람나게 생겼고
무어인도 수수하고 탁 트인 성품이라
겉만 정직한데도 속까지 그렇다고 여긴다.
그래서 코뚜레로 부드럽게 끌 수 있어,
나귀처럼 말이다.   410
알았다, 떠올랐다! 지옥과 밤 둘이서
이 끔찍한 착상이 빛을 보게 해야 한다. (퇴장)

2막 1장
몬타노, 두 신사와 함께 등장.

몬타노   갑 건너 바다에 무얼 식별할 수 있나?

신사 1   전혀 아무것도요. 풍랑이 솟구치며
         하늘과 저 대양 사이에 배라곤 한 척도
         찾아낼 수 없습니다.

몬타노   바람은 내륙에서 울부짖는 것 같은데   5
         이 흙벽을 더 세게 뒤흔든 강풍은 없었다네.
         그게 바다에서도 이렇게 난폭한 짓 했다면
         어떤 참나무 배가 산더미 파도가 덮치는데
         온전할 수 있겠나? 무슨 소식 듣게 될까?

신사 2   터키의 함대가 흩어졌단 소식이요.   10

2막 1장 장소 키프로스의 항구.

거품 이는 해변에 서 있기만 해 보십쇼,
겁먹은 파도는 구름을 때리는 것 같고
바람 받은 파도는 드높고 기괴한 갈기로
불타는 작은 곰에 물 끼얹어 영원히 붙박인
북극성의 호위 별을 꺼 버릴 것 같으니까.   15
격랑 이는 바다가 저리 부대끼는 건
본 적이 없습니다.

몬타노   터키의 함대가
대피소나 만에 들지 못했다면 수장됐어.
이걸 견뎌 낸다는 건 불가능해.

셋째 신사 등장.

신사 3 여보게들, 소식이네, 전쟁은 끝났어!   20
지독한 태풍이 터키인들을 강타하여
그들의 기도가 멈췄어. 웅장한
  베네치아 함선이
대부분 무참히 깨지고 망가진 그 함대를
봤다고 한다네.

몬타노   뭐라고? 사실인가?

신사 3 그 배는 이곳에 들었는데   25
베로나 소속이고, 마이클 카시오가
늠름한 무어인 오셀로의 부관으로
해안에 올랐으며 항해 중인 무어인 자신은

	키프로스 이곳의 전권을 위임받았답니다.	
몬타노	그거 기쁜 일이네, 훌륭한 총독이지.	30
신사 3	근데 이 카시오가 터키군의 파멸은	

카시오 등장.

	위안조로 말하지만 무어인의 안전만은	
	슬프게 빈답니다, 그들은 격렬한 태풍으로	
	헤어졌기 때문이죠.	
몬타노	하늘에 안전을 빌어야지,	
	난 그를 섬겨 봤고 완벽한 군인처럼	35
	통솔하는 분이니까. 이보게들, 해안으로!	
	들어온 선박을 볼 뿐만 아니라	
	대양과 저 푸른 하늘을 분간 못 할 때까지	
	우리의 눈을 던져 용감한 오셀로를	
	찾으려고 해 보세.	
신사 3	자, 그렇게들 합시다,	40
	더 많이 도착할 것이라는 예상은	
	시시각각 할 수 있을 테니까.	
카시오	고맙소, 무어인을 이토록 칭찬해 주시는	
	이 늠름한 섬의 용사들이여. 오, 전 그분을	
	위험한 바다에서 잃었으니 하늘은	45
	비바람을 막아서 그를 보호해 주소서.	
몬타노	좋은 배에 타고 있나?	

카시오　　그 범선은 단단한 목재로 건조됐고
　　　　　선장은 명수로 입증된 터이므로
　　　　　제 희망은 죽을 만큼 부풀진 않았기에　　　　50
　　　　　감히 살길 바랍니다.

목소리　　　　　　(안에서) 배다! 배다! 배다!

카시오　　이 무슨 소리지요?

신사 2　　마을은 텅 비었고 바닷가 벼랑 끝에
　　　　　뭇사람이 모여 서서 배라고 외칩니다.

카시오　　총독일 것이라는 희망이 생깁니다. (포 소리)　　55

신사 2　　저렇게 예포를 발사하고 있으니
　　　　　적어도 아군이오.

카시오　　　　　　　　당신이 좀 가서
　　　　　도착한 게 누군지 알려 주면 좋겠소.

신사 2　　그러지요.　　　　　　　　　　　　(퇴장)

몬타노　　근데 부관, 장군께선 아내를 두셨는가?　　　60

카시오　　참으로 운 좋게요. 묘사와 날뛰는 소문을
　　　　　능가하는 아가씨를 얻으셨답니다.
　　　　　그녀는 기발하게 뽐내는 찬사를 뛰어넘고
　　　　　속속들이 창조의 옷을 입은 그녀의 모습은
　　　　　작가를 지치게 하지요.

　　　　　　　　　둘째 신사 등장.

　　　　　　　　　그런데, 누가 왔죠?　　　65

신사 2   이아고란 사람으로 장군의 기습니다.

카시오   참으로 순조롭고 다행하게 빨리 왔군.

태풍 자체, 높은 바다, 울부짖는 바람도

물 밑에서 죄 없는 용골을 역적처럼 붙잡는

갈라진 바위와 쌓여 있는 모래도   70

미인을 알아본 듯 치명적인 영향력을

잊고 쓰지 않은 채 데스데모나 선녀를

곱게 보내 주었군요.

몬타노   그녀가 누군가?

카시오   말씀드린 그녀는 저희들 대장의 대장으로

대담한 이아고의 호위 받아 떠났는데   75

이곳 땅을 밟은 건 우리의 예상보다

이레나 빠릅니다. 조브여, 오셀로를 보호하고

그대의 강력한 숨결로 그의 돛을 부풀려

그가 이 항구를 큰 배로 축복하게,

데스데모나의 품에서 사랑 숨을 헐떡이게,   80

소멸된 우리 혼에 새 활기를 불어넣어

키프로스 전체를 위무하게 하소서! —

데스데모나, 이아고, 로데리고와 에밀리아 등장.

77행 조브 주피터라고도 불리는 로마 신계의 주신. 그리스 신화의 제우스에
해당한다.

오,
보시오,

배에 있던 보화가 해안으로 올랐어요.

키프로스인 여러분, 무릎을 꿇으시오!

부인 만세! 그리고 하느님의 은총이   85

그대의 앞과 뒤와 또 모든 방향에서

그대를 감싸 주길!

데스데모나   고마워요, 용감한 카시오.

나에게 일러 줄 주인님 소식은요?

카시오   도착은 아직 않으셨지만 무사하며

곧 이리로 오신다는 것밖엔 모릅니다.   90

데스데모나   오, 하지만 내 걱정은…… 어찌 헤어졌나요?

카시오   바다와 하늘이 격돌하는 바람에

동행이 갈라졌죠. (안에서 목소리, '배디, 배다!')

그런데 소리가! 배군요!

(포 소리가 들린다.)

신사 2   그들이 요새를 향하여 예포를 쏩니다.

이 또한 아군이오.

카시오   소식을 확인하오. (신사 퇴장)   95

기수, 잘 왔네.

(에밀리아에게) 잘 왔어요, 에밀리아 씨.

여보게 이아고, 내 예절이 넘친다고

못 참고 화내진 말게나. 교육받은 그대로

이렇게 과감히 예의를 표하니까.

(그녀에게 키스한다.)

이아고   그녀가 저에게 놀려 댄 혀만큼 여러 번   100
　　　　자신의 입술을 부관님께 드린다면
　　　　질리실 겁니다.

데스데모나　　　　　　　　　저런! 여인은 말이 없네.

이아고   실은 너무 많지요!
　　　　전 자고 싶을 때도 항상 말을 들으니까.
　　　　참, 마님 계신 앞에서 시인하는 바이지만   105
　　　　이 여자는 혓바닥은 가슴에 좀 묻어 두고
　　　　생각으로 바가질 긁어요.

에밀리아   그렇게 말해야 할 이유가 없잖아.

이아고   이봐, 이봐, 당신네는 문밖에선 그림 같고
　　　　현관에선 딸랑 방울, 부엌에선 살쾡이,   110
　　　　남 해칠 땐 성자이고 화났을 땐 악마이며
　　　　집안일은 놀며 하고 잠자리에서는……
　　　　선수잖아!

데스데모나　　　　　오, 이 꼴불견 험담꾼 같으니!

이아고   예, 사실이 아니라면 전 터키 놈입니다.
　　　　당신네는 깨서 놀고 자러 가서 일하잖아.   115

에밀리아   내 칭찬은 않겠네.

이아고　　　　　　　　　음, 안 하게 해 줘라.

데스데모나   나를 칭찬한다면 뭐라 하고 싶은가?

이아고   오, 사모님, 그리하게 만들진 마십시오,
　　　　트집 잡지 않으면 저는 시체니까요.

| 데스데모나 | 어디, 시도해 봐. 누군가 항구로 갔는가? | 120 |
| 이아고 | 예, 마님. | |

데스데모나 난 즐겁진 않지만 그런 척함으로써
현재의 내 마음을 딴 데로 돌려야지.
자, 날 어떻게 칭찬할 셈인가?

이아고 해 볼 참입니다만 사실 제 작품은   125
골통에서 나올 때 종이에 붙은 엿 떨어지듯
뇌수까지 다 달고 나옵니다. 하지만
제 뮤즈는 산고 끝에 이런 걸 낳았어요.
여자가 예쁘고 똑똑하면 미모와 기지인데
미모는 쓸모 있고 기지는 미모를 써먹죠.   130

데스데모나 잘 칭찬하였네. 검은데 기지가 있다면?

이아고 여자가 검은 데다 기지를 갖췄다면
검은 자기 덮어 준 흰 남자 찾겠지요.

데스데모나 점점 더 나빠지네.

에밀리아 예쁜데 바보이면 어떨까?   135

이아고 예쁜데 바보 같은 여자는 절대 없지,
바보짓조차도 자식 낳게 해 주니까.

데스데모나 이건 선술집에서 바보들을 웃기려고 지어낸
낡아 빠진 궤변이야. 추한 데다가 바보 같은
여자에겐 어떤 비참한 칭찬을 해 줄 텐가?   140

이아고 아무리 추하고 게다가 바보래도
예쁘고 똑똑한 여자들의 추한 장난
저지르지 않는 여잔 없답니다.

52

데스데모나	오, 무식이 막심하네. 자넨 최악을 최고로 칭	
	찬하고 있어. 하지만 진짜로 가치 있는 여성	145
	에겐 어떤 찬사를 부여할 수 있겠는가? 자기	
	진가의 권위를 빌려 악심 바로 그 자체의 증	
	언까지도 당당하게 재촉한 여성 말일세.	
이아고	언제나 예쁘고 절대로 오만하지 않으며	
	뜻대로 말하나 절대로 시끄럽지 않으며	150
	한 번도 궁한 적 없었지만 절대로 사치 않고	
	소원대로 안 했지만 '해 볼까.' 말하는 여자와	
	화난 일을 복수할 기회가 다가와도	
	원망을 멈추고 분노를 날려 버린 여자와	
	대구의 머리를 연어의 꼬리와 바꿀 만큼	155
	분별력이 약하진 절대 않은 여자와	
	마음속 생각을 절대 아니 밝히는 여자는	
	돌아보지 않아도 구혼자가 따르지요.	
	만약에 그런 사람 있다면 그 여자는—	
데스데모나	할 일이 무얼까?	160
이아고	바보 아기 젖 먹이고 젓가락 세는 거죠.	
데스데모나	오, 참으로 빈약하고 무기력한 결론이군. 에	

155행 대구의…만큼 어리석은 교환을 한다는 대의는 분명하지만 거기에 도달하는 과정은 분명치 않다. 당시 사람들의 미각과 선호도에 따라 두 부위의 순서가 바뀔 수 있을 것이다. 그러나 이아고가 화자라는 점을 고려할 때 한 가지 거의 분명한 점은 대구의 머리(남자의 성기)와 연어의 꼬리(여자의 성기)의 상징적인 의미를 염두에 둔 말장난이란 사실이다. (아든)

밀리아, 그가 자네 남편이긴 하지만 그에게
배우진 말게. 카시오, 당신은 어떻게 생각해
요? 이 사람은 참으로 불경스럽고 거리낌 없 165
는 떠버리가 아닐까요?

카시오   마님, 그는 정곡을 찔렀습니다만 그를 학자
라기보다는 군인으로 평가하시는 게 좋을
것입니다.

이아고   (방백) 녀석이 그녀의 손바닥을 잡는구나. 그 170
래, 잘했어, 속삭여. 이런 조그만 거미줄로
카시오란 커다란 파리를 사로잡을 테니까.
그래, 그녀에게 미소를 지어, 그러라고. 네 예
절로 널 옭아맬 테니까. 맞는 말씀이야, 진짜
그래. 그런 재주를 부리다가 부관 자리를 빼 175
앗기게 된다면 네 손가락 셋에다 그렇게 자
주 키스를 않는 게 좋을 텐데 다시 그 손가
락으로 멋쟁이 신사 흉내를 잘도 내는구면.
아주 좋아, 키스 한번 잘했고 예절 만점이야.
진짜 그래! 그런데 또다시 네 입술에 손가락 180
을 가져가? 널 위해 그게 관장약 튜브였으면
좋겠다!

(안에서 나팔)

176~177행 네…키스 신사가 자기 손에 키스를 하는 것은 숙녀에게 예절을
보이는 아주 정상적인 몸짓이었다. (아든)

무어인! 나팔 소리입니다!

카시오   정말로 그렇군.

데스데모나 영접토록 합시다.

오셀로와 시종들 등장.

카시오   저 봐요, 오십니다!

오셀로 오, 내 고운 무사여!

데스데모나   사랑하는 오셀로!   185

오셀로 내 앞의 당신을 여기서 보다니 만족만큼
놀라움도 크다오! 오, 내 영혼의 기쁨이여,
폭풍 뒤에 언제나 이런 평온 깃든다면
바람은 죽음을 일으킬 때까지 불고 불어
고생하는 돛단배를 바다 언덕 저 위로   190
올림포스만큼 올렸다가 천국에서 지옥 가듯
다시 내리꽂아라. 난 지금 죽어도 지금이
가장 행복할 것이오, 왜냐하면 내 영혼은
절대 만족 맛봤기에 이 같은 안락이
미지의 운명 속에서도 이어질 것인지   195
염려하기 때문이오.

183행 나팔 소리 각각의 지휘관은 식별 가능한 자신의 신호가 있었다. (뉴케임브리지)
191행 올림포스 그리스 신화에서 신들의 거주지로 알려진 전설적인 산.

데스데모나	그건 당치 않아요,

하늘은 우리 사랑, 안락을 우리 나날 늘어나듯
키워 주실 거예요.

오셀로	신령들은 그러소서!

이 만족을 말로는 다하지 못하겠소,
여기가 막히오, 기쁨이 너무 커서.　　　　　　　200
이것과 또 이것이 우리 마음 사이에

　　　　　　　　　　(둘이 키스한다.)

앞으로 생겨날 가장 큰 불화이길!

이아고	(방백)

오, 지금은 당신이 잘 조율됐지만 줄을 풀어
그 화음이 깨지게 만들겠다, 내 아무리
정직해도 말이다.

오셀로	자, 성으로 갑시다.　　　205

여러분, 전쟁은 끝났고 터키 놈들 수장됐소.
이 섬의 옛 친구들, 어떻게 지냈소?
여보, 키프로스가 당신을 잘 대접할 것이오,
그들의 사랑이 크다는 걸 알았소. 오, 여보,
내가 마구 지껄이며 자신의 안락에만　　　　210
푹 빠져 있구려. 부탁이네, 이아고,
만으로 내려가서 내 짐을 부려 주게.
그리고 선장을 요새로 데려오게,
훌륭한 자이고 자신의 가치로 큰 존경을
받을 만하니까. 갑시다, 데스데모나,　　　　215

다시 한번 키프로스에서 잘 만났소.

　　　　　　　(이아고와 로데리고만 남고 모두 퇴장)

이아고　　(퇴장하는 수행원 하나에게) 자넨 좀 있다가
항구에서 나와 만나. (로데리고에게) 이리 오
게. 자네가 용감하다면 ― 천한 남자들도 사
랑에 빠지면 고귀한 성품을 타고난 것보다
더 많이 보인다는데 ― 들어 봐. 부관이 오늘　220
저녁 초소에서 경계를 선다네. 우선 이것부
터 말해야겠어. 데스데모나는 분명 그자와
사랑에 빠졌어.

로데리고　그자와? 아니 그건 불가능해.　　　　　　225

이아고　　손가락을 이렇게 입에 대고, 영혼 교육을
좀 받아. 그녀가 그를 처음에 얼마나 격렬하
게 사랑했는지 주목해 봐, 무어인이 뽐내면
서 황당한 거짓말을 해 준 것뿐인데. ― 그래
서 그가 떠벌린다고 그녀가 계속 사랑해? 자
네의 신중한 마음으로 그런 생각은 말게. 그　230
녀는 눈이 즐거워야 하는데 마왕을 쳐다보
고 무슨 기쁨을 느끼겠어? 재미를 보고 나
서 욕정이 둔해졌을 때 그걸 다시 불태우고
포만감 뒤에 새롭게 육욕을 돋우려면 매력적
인 용모, 비슷한 나이, 예절과 아름다움이 있　235
어야 하는데 이 모든 게 무어인에겐 결여되
어 있잖아. 이제 그런 필요조건들이 부족하

니까 감수성이 예민한 그녀는 속았음을 알
것이고 무어인에게 욕지기를 느끼고 식상하
며 그를 혐오하기 시작할 테지. — 본능 자체 240
가 그렇게 가르칠 테고 제2의 선택을 강요할
거야. 이제 봐요, 이게 사실이라면 — 참으로
의미심장하고 무리 없는 가정인데 — 이 행운
의 계단을 카시오만큼 높이 오른 자가 누구
냐고요? 그는 아주 유창하고 꽁꽁 숨겨 놓 245
은 자신의 음탕한 욕정을 더 잘 채우기 위해
서라면 양심에 아무런 거리낌도 없이 겉으로
만 점잖고 인간적인 모습을 보일 수 있는 놈
인데. 그야 없죠, 그야 없어. 미꾸라지같이 살
살 빠지는 놈, 기회만 노리는 녀석, 진정한 이 250
점은 있지도 않은데도 이점들을 조작해 낼
수 있는 눈썰미를 가진 위인 — 악마 같은 놈
이죠. 게다가 놈은 잘생겼고 젊으며 어리석
고 미숙한 애들이 좋아하는 필수 조건들을
다 갖췄어요. 아주 불쾌하고 정말 나쁜 놈인 255
데 이 여자가 벌써 놈을 점찍었어요.

로데리고　그녀가 그랬다고는 믿을 수 없어, 최고로 축
복받은 마음씨로 가득 찬 여성인데.

이아고　축복은 무슨 씹할! 그 여자가 마시는 포도주
도 포도로 만들었어. 그녀가 축복을 받았다 260
면 무어인을 절대 사랑하지 말았어야지. 축

복은 무슨 개뿔! 그녀가 놈의 손바닥을 만지

작거리는 거 못 봤어? 그거 유의하지 않았어?

로데리고 봤지만 그건 예의였을 뿐이야.

이아고 음란 행위지, 이 손에 맹세코. 정욕과 추잡한   265

생각 담은 역사극을 가리키는 색인이자 서

문이지. 그들은 입술이 서로 닿을 만큼 가까

이 만나 숨결로 서로를 포옹했어. 상스러운

생각이야, 로데리고. 이런 수작질로 길을 닦

으면 곧바로 주요 기본 행사인 살 섞기에 이   270

른다고. 흥! 하지만 이봐요, 내 말대로 해요.

내가 당신을 베네치아에서 데려왔잖아요. 오

늘 밤 깨 있어요. 지시를 내리는 건 당신에게

맡길게요. 카시오는 당신을 모르고 나도 멀

지 않은 곳에 있을 테니 카시오의 화를 돋울   275

기회를 찾아내요, 아주 크게 떠든다든지 그

의 훈련을 헐뜯는다든지, 아니면 뭐든 당신

좋을 대로 다른 빌미를 찾아내요, 그런 건

때에 따라 안성맞춤으로 생겨날 테니까.

로데리고 글쎄.   280

이아고 이봐요, 그자는 무모하고 아주 급작스레 화

를 터뜨리니까 혹시 곤봉으로 당신을 칠지

도 몰라요. 그렇게 하도록 부추기는 겁니다.

266행 색인 당시의 책에서 색인은 지금처럼 뒤가 아니라 앞에 있었다. (아든)

그런 일만 생겼다 하면 내가 키프로스인들

사이에 반란을 일으키고 그들을 진정시켜 285

진정한 믿음을 되찾으려면 카시오를 자를 수

밖에 없게 만들 테니까. 그리되면 당신의 욕

망에 이르는 여정은 더 짧아질 겁니다, 그때

가서 내가 마련할 수단을 통하여 그리고 장

애물은 아주 유리하게 제거된 상태에서. 안 290

그러면 우리의 성공은 예상도 못 합니다.

로데리고   그렇게 하겠어, 뭐든 호기를 잡을 수 있게 해

준다면야.

이아고   그건 장담하지. 요새에서 곧 나를 만나. 난

그의 필수품들을 해안으로 날라야 해. 잘 가. 295

로데리고   안녕.   (퇴장)

이아고   카시오의 그녀 사랑, 난 분명히 믿는다.

그녀의 사랑도 적절하고 크게 믿을 만하다.

무어인은 내가 그를 아무리 못 참아도

변함없고 정 많고 고귀한 본성을 가졌으며 300

감히 생각하건대 그녀에겐 참으로 소중한

남편이 될 거다. 근데 나도 그녀를 사랑한다.

순전히 욕정에 의해서가 아니라 —

난 아마도 그 큰 죄로 벌받을지 모르지만 —

얼마간은 복수심을 채우기 위해서다. 305

295행 그의 오셀로의.

왜냐하면 이 음탕한 무어인이 내 안장에
올라탔단 의심이 부쩍 들고 그 생각이
유독성 광물처럼 내 속을 갉아먹어
마누라엔 마누라로 공평해질 때까지
내 영혼의 만족은 있지도 오지도 않을 테고,　310
또 그렇게 안 될 땐 적어도 이 무어인에게
판단력으로는 치유 못 할 정도의
강렬한 질투심을 일으키리. 그러기 위하여
이 딱한 베네치아의 쓰레기가 — 빠른 사냥
　못 하게
놈을 좀 말렸는데 — 자극받아 뛰어 주면　315
난 마이클 카시오를 마음대로 주무르고
놈이 음탕하다고 무어인에게 욕하며 —
카시오도 내 잠옷을 입었단 의심이 드니까 —
무어인 자신을 지독한 멍청이로 만들고
미쳐 버릴 때까지 평정을 교란한 대가로　320
나에게 사랑, 감사, 보답을 하도록 만들 테다.
계략은 여겼지만 아직까진 흐릿하다,
악행의 전모를 범행 전엔 못 보니까.　(퇴장)

2막 2장

오셀로의 전령, 포고문을 가지고 등장.

'고귀하고 용맹스러운 우리 오셀로 장군께
서는 방금 도착한, 터키 함대의 전멸을 전하
는 확실한 소식을 접하시고 모두에게 축하
연을 즐기라고 하셨다. 일부는 춤추고 일부
는 화톳불을 피우라. 각자 마음에 끌리는 오
락이나 잔치를 벌여라. 왜냐하면 이런 유익
한 소식 외에도 장군님의 혼인 축하가 있으니   5
까.' — 그분의 기쁨이 지극하여 공표키로 하셨
다. 모든 창고를 개방하고 지금 5시부터 11시
종이 울릴 때까지 최대한 먹고 마실 자유를
준다. 하늘은 키프로스 섬과 우리 오셀로 장
군님께 축복을 내리소서!   (퇴장)   10

2막 3장

오셀로, 카시오, 데스데모나 등장.

오셀로   이보게 마이클, 오늘 밤 경계를 맡아 주게.

2막 2장 장소 키프로스. 길거리.
2막 3장 장소 키프로스. 성채.

우리가 분별없이 놀지는 않도록
명예롭게 자제하는 방법을 배우세.

카시오   이아고에게 할 일을 지시했습니다만
그럼에도 불구하고 제 눈으로 반드시   5
살펴보겠습니다.

오셀로   이아고는 참 정직해.
마이클, 잘 자게. 내일 아침 가장 일찍
나와 얘기 나누세. 자 여보, 이리 와요,
과일을 샀으니 먹는 일이 남았구려,
당신과 난 아직 그 맛을 못 봤잖소.   10
잘 자게.   (오셀로와 데스데모나 퇴장)

이아고 등장.

카시오   어서 오게 이아고, 우린 경계를 서야 해.

이아고   이 시간엔 아닙니다, 부관님, 아직 10시가
안 된걸요. 우리 장군님은 데스데모나에 대
한 사랑 때문에 우릴 이렇게 일찍 내쫓았어   15
요. ― 그렇다고 나무라진 맙시다, 아직 그녀
와 야한 밤을 보내지 못하셨고 게다가 그녀
는 조브의 희롱감이니까요.

카시오   매우 빼어난 숙녀이지.

이아고   또한 장담컨대 밤일도 잘하겠죠.   20

카시오   정말이지 매우 신선하고 우아한 여자야.

이아고   그런 눈이 있을까! 제 생각에 그건 도발을
향한 협상 나팔 같습니다.

카시오   유혹적인 눈이야. 그래도 알맞게 정숙하다고
생각해.   25

이아고   그리고 그녀가 말을 할 때면, 사랑에겐 그게
경종 아닙니까?

카시오   그녀는 진짜로 완벽해.

이아고   그럼, 그분들 잠자리에 행복을! 자, 부관님,
여기 포도주 한 통이 있고 밖에는 키프로스   30
한 량 한 쌍이 와 있는데 검은 오셀로 장군의
건강을 위해 기꺼이 축배를 들겠답니다.

카시오   여보게 이아고, 오늘 밤은 안 되겠네, 내 머
리는 불행히도 술에 아주 약하거든. 다른 접
대 관습을 만들어 예익를 표하게 해 주면 좋   35
으련만.

이아고   아, 우리 친구들인데요. 딱 한 잔만, 제가 부
관님 대신 마시지요.

카시오   난 오늘 저녁에 딱 한 잔만 했는데, 그것도
잔꾀를 부려서 물을 탄 술인데도 여기에 나   40
타난 격변을 보라고! 난 불행하게도 이런 결
함이 있어서 내 약점을 감히 더 이상 시험하
지 않으려네.

이아고   뭘 그러세요, 잔칫날 밤이고 한량들이 원하
는 건데.   45

카시오	그들은 어디에 있는가?
이아고	여기 문간에요, 들어오라고 하시지요.
카시오	그러지, 하지만 마음이 내키진 않는군. (퇴장)
이아고	그에게 딱 한 잔만 더 안길 수 있으면

오늘 저녁 기왕에 마신 술과 더불어   50

그는 어린 아가씨의 버릇없는 개처럼

톡하면 싸우고 화낼 거다. 그런데 상사병 든

바보 로데리고는 사랑으로 거의 다 뒤집어져

오늘 밤 데스데모나를 위하여

통술을 통음하고 경계를 설 판이다.   55

난 자기네 명예를 조심스레 살피는

전투적인 이 섬의 정예 분자들이자

도도한 기상의 키프로스 귀족 청년 세 명을

오늘 밤 넘치는 잔으로 들쑤셔 놓았고

그들 또한 경계 선다. 이제 이 취객들 가운데   60

우리의 카시오가 이 섬을 욕보일 행동을

하도록 만들 테다.

      카시오, 몬타노 및 신사들 등장.

              근데 여기 그들이 왔구나.

만일에 결과가 내 꿈과 맞아떨어진다면

내 배는 순풍에 돛 달고 물 따라 흐른다.

카시오	어이구, 전 이미 뒷술을 받아 마셨습니다. 65

몬타노 뭘, 작은 잔이었겠지, 한 홉도 안 되는 걸로, 뻔해.

이아고 야, 포도주 가져와!

(노래한다.)

　　　쨍강쨍강 내 술잔 맞추시오,

　　　쨍강쨍강 내 술잔 맞춰요.　　　　　　　70

　　　　군인도 인간이고

　　　　인생은 순간이니

　　　군인이야 어이 아니 마시리오.

애들아, 포도주 가져와!

카시오 거참, 빼어난 노래야.　　　　　　　　　75

이아고 이건 영국에서 배웠습니다만 거기야말로 마시는 데는 막강하죠. 당신네 덴마크인, 당신네 독일인, 배불뚝이 네덜란드인도 ─ 자, 듭시다! ─ 영국인에 비하면 아무것도 아니랍니다.　　　　　　　　　　　　　　80

카시오 영국인의 음주가 그렇게 기막힌가?

이아고 그야, 덴마크인이 뻗을 때까지는 쉽게 마시니까요. 독일인을 자빠뜨리는 데는 땀도 안 흘리고 두 번째 큰 잔을 채우기도 전에 네덜란드인을 토하게 만듭죠.　　　　　　　　85

카시오 우리 장군님께, 건배!

몬타노 나도 건배하지, 부관. 맞수가 되어 주지.

이아고 오, 아름다운 영국이여!

(노래한다.)

　　　　　스티븐 국왕은 훌륭한 분이셨지,

　　　　　　금화 한 닢으로 바지 하나 해 입고선　　90

　　　　　그것이 조금은 비싸다고 생각하고

　　　　　　그놈의 양복쟁이 상놈이라 하셨지.

　　　　　그분의 명성은 대단히 높았고

　　　　　　자네의 출신은 저만치 낮다네,

　　　　　사치로 말미암아 나라가 망한다니　　95

　　　　　　자네도 헌 옷을 입는 게 어떻겠나.

　　　야, 포도주 가져와!

카시오　거참, 저번 것보다 더 기막힌 노래군!

이아고　다시 들으시렵니까?

카시오　아냐, 난 그따위 짓을 하는 자는 높은 자리　　100
에 앉을 자격이…… 없다고 생각하니까. 글
쎄, 하느님이 알아서 하시겠지만 구원받아야
할 인간도 있고 구원받지 말아야 할 인간도
있는 법이지.

이아고　사실입니다, 부관님.　　105

카시오　나로서는 장군님이나 다른 지체 높은 분들
에겐 죄송하지만 구원받고 싶네.

101행 자격이…없다고 카시오는 직업상의 비행을 어렴풋이 의식하지만 그것
을 딱 부러지게 밝히거나 자기 생각을 완결 짓기에는 너무 취한 상태에 있
다. (아든 3판)

이아고   저도 그렇습니다, 부관님.

카시오   음, 그래도 미안하지만 나보다 앞서면 안 돼.
기수에 앞서 부관이 먼저 구원받게 되어 있   110
으니까. 우리 이런 얘긴 그만두고 임무로 돌
아가세. 하느님, 우리 죄를 용서하소서! 신사
분들, 우리의 본분을 살핍시다. 제가 취했다
고, 신사분들, 생각 마십시오. 이건 제 기수
이고, 이건 제 오른손, 이건 제 왼손입니다.   115
지금은 취하지 않았소. 몸도 충분히 잘 가눌
수 있고, 말도 충분히 잘할 수 있답니다.

모두   뛰어나게 잘하지요.

카시오   그럼, 아주 좋습니다. 제가 취했다고, 그럼,
생각해선 안 됩니다.   (퇴장)   120

몬타노   여러분, 포대로 갑시다. 자, 보초를 세웁시다.

이아고   어른께선 앞서 나간 이 친구 보셨지요.
시저의 옆에 서서 지시를 내릴 만한
군인이랍니다. 근데 그의 악덕만 보시면
춘추분 밤낮처럼 미덕과 정확한 대칭으로   125
길이가 꼭 같지요. 그에겐 애석한 일인데
그가 몸이 약해진 이 뜻밖의 시각에
오셀로가 그를 믿기 때문에 이 섬이 흔들릴까

123~124행 시저…군인 시저의 오른팔 역할을 하는 사람, 또는 과장법으로
'시저를 자기 부하처럼 취급하다.'라는 의미일 수도 있다. (아든)

걱정이 됩니다.

몬타노 　　　　　　　　하지만 자주 저래?

이아고 저건 항상 수면의 전주곡이지요.　　　　　　　130
　　　　술에만 안 먹히면 시계 두 바퀴라도
　　　　자지 않고 경계를 선답니다.

몬타노 　　　　　　　　　　　　　장군께서
　　　　이 사실을 염두에 두시는 게 좋겠군.
　　　　그걸 못 보거나 아니면 본성이 선량하여
　　　　카시오에게 나타나는 미덕만 칭찬하고　　　135
　　　　악행은 안 쳐다보시겠지. 그게 사실 아닌가?

　　　　　　　　　로데리고 등장.

이아고 (방백) 웬일이오, 로데리고?
　　　　부탁인데 부관 뒤를 쫓아가요! (로데리고 퇴장)

몬타노 또한 크게 애석한 건 이 고귀한 무어인이
　　　　고질을 앓고 있는 사람에게 위험하게　　　140
　　　　자신의 차석 같은 지위를 맡겼단 점일세.
　　　　이 무어인에게 그런 말을 해 주는 게
　　　　정직한 행동일걸.

이아고 　　　　　　　　전 아뇨, 고운 이 섬 다 줘도.
　　　　카시오를 정말 많이 사랑하고 제 힘껏
　　　　　　(안에서 '살려 줘요, 살려 줘!' 외치는 소리)
　　　　이 악습을 치료해 주렵니다. 근데 뭔 소리죠?　145

카시오가 로데리고를 쫓으면서 등장.

카시오   젠장, 이 불량배! 이 깡패야!

몬타노   부관, 이 무슨 일인가?

카시오   네놈이 내게 임무를 가르쳐! 이놈을 곤죽이
           되도록 두들겨 패 줄 테다!

로데리고 나를 팬다고?   150

카시오   불량배가 주둥아릴 놀려?

몬타노   안 되네, 부관! 이보게, 제발 그 손을 멈추게.

카시오   놔요, 안 그럼 당신 골통을 깨 놓겠소.

몬타노   자, 자, 당신은 취했어.

카시오   취해요?   (둘이서 싸운다.)   155

이아고   (로데리고에게 방백) 어서 빨리 나가서
           폭동 났다 외쳐요.   (로데리고 퇴장)
           그만둬요 부관님. 세상에, 보십시오,
           도와줘요! — 부관님! — 저 — 몬타노 —
             어른 —
           여러분 도와줘요, 참말로 경계 한번 잘 서네.
                              (종이 울린다.)
           저 종을 울리는 게 누구지? 하, 악마야!   160
           온 마을이 일어나요, 세상에, 부관님, 멈춰요,
           영원히 창피를 당하실 겁니다!

오셀로와 시종들 등장.

오셀로	이 무슨 일이냐?
몬타노	젠장, 피가 계속 나는군,

치명상을 입었다. 죽어라!

(카시오에게 돌진한다.)

오셀로	멈춰라, 목숨 걸고!
이아고	멈춰요! 부관님! — 저 — 몬타노 —

신사분들 —   165

지위와 의무감을 다 잊으셨습니까?

멈춰요, 장군님 말씀이오, 창피하니 멈춰요!

오셀로	아니, 왜, 하? 어쩌다 이런 일이 생겼느냐?

우리가 터키인이 된 거야? 그래서 스스로

하늘이 오스만들에게 금한 일을 하려고?   170

이 야만 소동을 그쳐라, 기독교인의 창피다.

맘대로 분 풀려고 다음 순간 날뛰는 자,

자신의 영혼을 깔봤고 움직이면 죽는다.

저 무서운 경종을 잠재워라, 이 섬의 안정을

공포로 앗아 간다. 웬일이오, 여러분?   175

정직한 이아고, 비통해서 죽을상을 짓는데

말하라, 누가 시작했는가? 충정을 건 명령이다.

이아고	모릅니다. 방금도 지금도 모두가 친구로서

행동과 말에서 신랑과 신부가 자려고

옷 벗는 것 같았는데, 그런데 바로 지금   180

마치 어떤 행성이 사람 혼을 빼 놓은 듯

살벌하게 적대하며 칼들을 빼어 들고

서로의 가슴을 겨눴죠. 이 치졸한 싸움이
시작된 경위를 밝힐 수가 없으며
날 데려와 거기에 끼게 만든 이 두 다리   185
영광스러운 전투에서 잃었으면 좋겠어요.

오셀로   마이클은 왜 그렇게 자제력을 잃었나?

카시오   죄송합니다만 말할 수 없습니다.

오셀로   몬타노 어르신, 당신은 늘 예의가 발랐고
나이 젊은 당신의 진중함과 침착함은   190
세인의 주목을 받았으며 최고 평자들에게도
당신의 이름은 유명하오. 무슨 일로
밤 왈패란 이름을 얻으려고 이렇게
명망의 지갑 열어 당신의 드높은 평판을
허비한단 말입니까? 답을 해 보시오.   195

몬타노   오셀로 어르신, 난 위험할 정도로 다쳤소.
당신 부하 이아고가 내가 아는 모든 것을
난 지금 기분 나빠 말을 삼가겠는데,
알려 줄 수 있답니다. 또 오늘 밤 내 언동에
잘못된 건 없는 줄로 알고 있소, 만약에   200
자애심이 때로는 악덕이 된다거나
난폭한 공격을 받았을 때 자기방어 자체가
죄가 되지 않는다면 말이오.

오셀로   원 세상에,
혈기가 치솟아 이성을 누르기 시작하고
격정이 내 최상의 판단을 흐려 놓고   205

앞장서려 하는구나. 젠장, 내가 움직이거나
이 팔을 드는 순간 여기서 최고수도
내 질책에 꺾이리라. 이 추한 소동이
어떻게 시작됐고 누가 부추겼는지 알려라.
이 건으로 유죄가 입증되는 사람은   210
비록 나와 쌍둥이로 같이 출생했더라도
나를 잃을 것이다. 아니, 주둔군 마을에서
아직도 어지럽고 민심에 두려움이 그득한데
사사로운 집안싸움을 벌인단 말인가?
밤중에, 그것도 안전 구역 경계 중에?   215
어처구니없구나. 이아고, 누가 시작한 건가?

몬타노   자네가 편들거나 동료애에 얽혀서
진실을 늘이거나 줄여서 말한다면
군인이 아니네.

이아고   그렇게 다그치지 마십시오.
제 입으로 마이클 카시오를 해치느니   220
차라리 이 혀를 잘라 내고 싶습니다.
그렇지만 진실을 말해도 무해할 거라고
자신을 설득해 봅니다. 이랬어요, 장군님.
몬타노 어른과 제가 얘기를 나누던 중
도움을 외치면서 한 녀석이 나타났고   225
카시오는 그자에게 칼 쓰기를 작심한 듯
뒤따라왔지요. 이 어른이 개입하여
카시오 부관에게 멈출 것을 간청했고

저 자신은 소리치는 그 녀석을 쫓았지요,
그자의 소란에 온 마을이 놀라지 않도록,　　　230
실제로 그랬지만 말입니다. 그자의 발이 빨라
목적을 못 이루고 더더욱 빨리 돌아왔는데
그 이유는 칼들이 부딪히는 소리와
이 밤까진 절대 없던 카시오의 심한 욕을
들었기 때문이죠. 돌아와서 보니까　　　235
잠깐 새에 두 사람이 맞붙어 있었어요,
장군님이 직접 둘을 떼 놓은 뒤 그들이
다시 치고 찔렀던 때처럼.
더 이상 이 일을 보고할 순 없습니다.
하지만 사람은 다, 최고라도 발끈할 때가 있죠.　　　240
카시오가 이분에게 약간 해를, 격분해서
최고로 호의적인 사람을 때리듯이 입혔지만
그렇지만 카시오는 분명히, 전 믿는데,
달아난 자로부터 무언가 못 참아 줄
이상한 모욕을 받았겠죠.

오셀로　　　　　　　　　　알았네, 이아고,　　　245
자네는 정직과 사랑으로 답을 얼버무렸어,
카시오를 감싸려고. 카시오, 난 자넬 사랑해,

데스데모나 수행원과 함께 등장.

하지만 더 이상 내 부하는 안 되겠네.

봐, 온화한 내 사랑이 일어나지 않았나!
자네를 본보기로 삼을 거야.   250

데스데모나 여보, 이게 웬일이죠?

오셀로   이젠 다 해결됐소, 여보.
잠자리로 갑시다. ─ 몬타노 당신의 상처엔
나 자신이 의사가 되겠소. 모셔 가라.

                          (몬타노를 데리고 나간다.)

이아고, 마을을 주의 깊게 살펴보고
이 고약한 소동으로 들뜬 자를 가라앉혀.   255
갑시다, 데스데모나. 싸움질 때문에
향기로운 잠에서 깨는 게 군인의 삶이라오.

                    (이아고와 카시오만 남고 모두 퇴장)

이아고 아니, 다쳤어요, 부관님?

카시오 음, 수술도 못 할 지경으로.

이아고 저런, 하느님 맙소사!   260

카시오 명성, 명성, 명성! 오, 난 내 명성을 잃어버
렸어, 나 자신의 불멸하는 부분을 잃어버렸
어. ─그 나머진 짐승에게나 어울려. 내 명성
말이야, 이아고, 내 명성!

이아고 제가 정직한 사람이니까 제 생각에 당신은   265
몸에 상처를 약간 입었고 아픈 느낌은 명성
보다 거기가 더 크지요. 명성이란 근거 없고
아주 헛된 짐이며 자주 공로도 없이 얻었다
가 까닭 없이 잃어버린답니다. 당신은 명성을

잃은 게, 스스로 잃은 사람임을 자처하지 않 270
는다면 전혀 아니랍니다. 아니, 봐요, 장군님
을 되찾는 길이 있어요. 지금은 그분의 기분
때문에 쫓겨난 것뿐인데 악의보다는 정책적
인 처벌이죠, 마치 도도한 사자를 겁주려고
죄 없는 개를 패는 것과 꼭 같아요. 다시 청 275
하면 들어주실 겁니다.

카시오 이렇게 하찮은 주정뱅이 경솔한 부하가 그렇
게 훌륭한 지휘관을 속이느니 차라리 경멸
해 달라고 청하겠네. 취해? 앵무새처럼 말하
고? 다투고? 떠벌리고? 욕하고? 자기 그림자 280
와 헛소리를 주고받아? 오, 보이지 않는 술
귀신아, 너를 구별할 이름이 없다면 악마라
고 불러 주마!

이아고 당신이 칼을 들고 따라왔던 그 사람은 누구
였어요? 당신한테 무슨 짓을 했나요? 285

카시오 모르겠는데.

이아고 그럴 수가?

카시오 많은 일이 기억나지만 분명한 건 하나도 없
다네. 싸움이 있었지만 그 까닭은 전혀 몰라.
오, 하느님, 인간들이 자기네 적을 입안으로 290
집어넣고 정신을 뺏어 가게 하다니! 기쁨과
즐거움, 잔치와 칭찬으로 우리 스스로 짐승
이 되다니!

이아고	아니, 그런데 지금은 말짱하잖아요. 어떻게
	그렇게 회복됐습니까? 295
카시오	주정뱅이 악마가 기분이 좋아서 분노의 악
	마에게 자리를 내줬어, 나의 불완전한 점이
	잇따라 드러나 내가 나 자신을 터놓고 경멸
	하라고.
이아고	자, 그건 너무 가혹한 교훈입니다. 때와 장소 300
	와 이 나라의 정세로 보건대 전 이번 일이 벌
	어지지 않았기를 진심으로 바라지만, 사정이
	그리됐으니 본인에게 좋도록 바로잡아 보시
	지요.
카시오	내 자리를 다시 주십사고 부탁하면 그분은 305
	내가 주정뱅이라고 하시겠지. 그런 대답이
	면 내 입이 히드라처럼 많다 해도 다 막힐
	거야. 당장은 양식 있는 사람인데 곧 바보
	가 되고 잇달아 짐승이 된다니까! 오, 이상
	하다! ─ 분수를 모르는 술잔은 다 불행하고 310
	그 내용물은 악마야.
이아고	자, 자, 좋은 술은 적당히 마시면 좋고도 친
	한 놈이니 더 이상 나쁘다고 외치진 마십시

307행 히드라 그리스 신화에서 머리가 여럿 달린 괴물 같은 뱀. 그것을 죽이
는 것이 헤라클레스의 과업 가운데 하나였다. 머리 하나를 자르면 그 자리
에서 두 개가 자라났다고 한다. (아든)

오. 그런데 부관님, 제 생각에 당신은 제가
당신을 사랑한다고 생각하십니다.   315

카시오   그야 내가 분명히 확인했지, 그럼. 내가 취해?

이아고   당신 또는 살아 있는 누구든지 때론 취할 수
있답니다. 어떻게 하실 건지 알려 드리지요.
우리 장군의 부인이 이제 장군이십니다. 이
점에서 그리 말할 수 있는데, 즉 그분은 그녀   320
의 자질과 매력을 골똘히 생각하고 주목하
고 밝혀내는 데 자신을 완전히 바쳤단 말입
니다. 그녀에게 솔직히 털어놓고 그 자리에
다시 앉게 해 달라고 조르십시오. 그녀는 성
품이 너무 너그럽고 너무 친절하고 너무 기   325
민하고 너무 거룩해서 요청받은 것보다 더
많이 못 해 주는 것을 자신의 선심 기운데
하나의 악덕으로 여긴답니다. 당신과 그녀의
남편 사이에서 부러진 이 관절에 부목을 대
달라고 간청하십시오. — 그러면 제 재산을   330
그 어떤 유명한 판돈이라도 맞서 걸고 맹세
컨대, 이번에 금 간 둘 사이의 사랑은 전보다
더욱 단단해질 겁니다.

카시오   좋은 충고일세.

이아고   단언합니다, 진지한 사랑과 정직한 친절로요.   335

카시오   나도 기탄없이 생각하네. 그래서 내일 아침
일찍 후덕한 데스데모나에게 이 사건을 맡아

	달라고 간청하려고 해. 운명이 나를 여기서
	가로막는다면 난 절망적일세.
이아고	맞는 말씀입니다. 안녕히 주무십시오, 부관 340
	님, 전 경계 서러 가야 합니다.
카시오	잘 자게, 정직한 이아고.　　　　　(퇴장)
이아고	근데 누가 나더러 악역 한다 말하지?
	내가 하는 충고가 너그럽고 정직하고
	그럴듯한 생각이며 무어인을 다시 얻는　345
	확실한 길인데? 왜냐하면 정직한 청으로
	유순한 데스데모나를 굴복시키는 것은
	최고로 쉬우니까. 그녀는 넉넉한 자연처럼
	풍요롭게 빚어졌다. 그래서 무어인의
	승낙을 얻는 일은, 그가 자기 세례와　350
	속죄의 확인 및 상징물을 다 포기한대도
	그 영혼이 그녀의 사랑에 너무나 꽉 붙잡혀
	그녀가 쥐락펴락 맘대로 할 수 있다,
	그녀를 지향한 욕망이 그의 약한 본능 위에
	신처럼 굴 테니까. 그러면 카시오의 이익과　355
	직결되는 이 노선을 권하는 내가 왜
	악당이란 말인가? 지옥의 신학이여!
	악마들이 가장 검은 죄악을 부추길 때
	처음엔 지금의 나처럼 천국의 모습으로
	넌지시 말한다. 이 정직한 바보가　360
	행운을 되찾아 보려고 데스데모나를 조르고

그녀가 그의 청을 이 무어인에게 강권할 때
난 그의 귓속에 독을 부어 넣을 테다,
그녀가 육욕 땜에 그를 다시 부른다고.
그러면 그녀는 그에게 잘해 주려 하는 만큼   365
무어인의 신뢰를 잃게 될 것이며 —
그래서 난 그녀의 미덕에 먹칠할 것이고
그녀의 선심으로 그들을 모조리 옭아맬
그물을 만들 테다.

로데리고 등장.

웬일인가, 로데리고?

로데리고 난 이번 사냥에서 뛰지도 못하고 무리나 채   370
위 주려고 따라다니는 개 같은 신세시 뭐야.
돈은 거의 바닥이 났고 오늘 저녁엔 아주 흠
씬 두들겨 맞았어, 그래서 내가 생각하는 결
론은 고생한 만큼 많은 경험을 얻고 나서, 그
래서 돈은 한 푼도 없지만 정신은 좀 더 차   375
려서 베네치아로 되돌아가는 거야.

이아고 못 참는 인간들은 얼마나 딱한가!
단번에 치유되는 상처가 어디 있나?
자네는 우리가 마술 아닌 기지로 일하며
기지는 느림보 시간에 의존함을 알고 있네.   380
잘되고 있잖아? 카시오가 자네를 때렸고

그 작은 상처 덕에 자넨 그를 확 파면시켰어.
딴것들은 햇빛 받고 잘 자라겠지만
먼저 꽃 핀 과일이 먼저 익을 것이네.
잠시만 진정하게. 원 이런, 아침이군.   385
쾌락과 행동 중엔 시간이 짧아지지.
물러나서 배정받은 숙소로 가 보게,
아, 어서, 나중에 더 알려 줄 테니까.
아니, 가라니까.   (로데리고 퇴장)
                두 가지 할 일이 남았는데
아내가 카시오 편에서 마님에게 조르도록   390
내가 부추겨야지.
그런 한편 무어인을 옆으로 불러내어
카시오가 자기의 아내에게 조르는
바로 그때 보게 하자. 그래 바로 그거다!
계략을 차갑게 미루어 김새게 하지는 마!   395
                        (퇴장)

3막 1장
카시오와 악사 몇 명 등장.

카시오   여기서 연주 좀 해 주게, 수고는 보답하지.
         짧은 걸로 장군님께 아침 인사 드려 주게.
                        (악사들 연주한다.)

광대 등장.

광대   아니 악사님들, 악기가 나폴리 뒷골목에 갔
       다 오셨습니까? 왜 그렇게 코 썩은 소리를 내
       는데요?   5

악사 1   거, 무슨 말이오?

광대   이것들이 저, 바람으로 소리 내는 악깁니까?

악사 1   예, 바로 맞혔습니다.

광대   아, 가까이에 고추가 달렸군요.

악사 1   어디에 고추가 달렸다고요?   10

광대   그야, 바람으로 소리 내는 악기 근처에 달린
       줄로 압니다만. 하지만 악사님들, 이 돈 받아
       요, 그리고 장군님께선 당신들 음악을 너무
       좋아하셔서 사랑 때문에라도 그 소리 그만
       내길 바라십니다.   15

악사 1   알았어요, 안 내지요.

광대   들리지 않는 음악이 있다면 다시 해요. 하지
       만 음악 듣는 거라면 장군님께선 시쳇말로

3막 1장 장소 키프로스. 성채.

2행 아침 인사 신혼의 밤을 보낸 신랑과 신부를 깨우는 전통적인 아침 노래.
(아든)

3~5행 나폴리…내는데요 광대는 나폴리 병이라 불리는 성병을 말하고 있으며
코가 썩는 것은 그 증상 중 하나이다. 이 비유를 음악으로 풀어 내면 악기
가 맑고 밝은 소리 대신 코맹맹이 소리를 낸다는 뜻이다. (아든)

크게 즐겨 하지 않으십니다.

악사 1   그런 음악은 없는데요.   20

광대   그럼 나팔을 챙겨 넣으시지, 난 갈 테니까.
         가, 썩 꺼져, 어서!   (악사들 모두 퇴장)

카시오   정직한 친구, 말 좀 들어 보겠나?

광대   아뇨, 전 정직한 친구 말이 아니라 당신 말을
         듣는데요.   25

카시오   제발 말꼬리를 잡진 말게나. 여기 적지만 금
         화 한 닢이 있네. — 장군님의 아내를 모시는
         시녀가 일어났으면 카시오란 사람이 할 말이
         좀 있다고 전해 주게. 그렇게 해 줄 텐가?

광대   그녀는 일어나고 있는데, 만일 이쪽으로 일   30
         어나면 통지할 것처럼 해 보지요.

                  이아고 등장.

카시오   친구여, 그래 주게.   (광대 퇴장)
                    때마침 잘 만났네, 이아고.

이아고   그러면 한잠도 못 잤단 말입니까?

카시오   음, 우리가 헤어지기도 전에 날이 샜지.
         이아고, 자네 처를 부르려고 염치없이   35
         사람을 보냈다네. 나의 청은 그녀가
         후덕한 데스데모나에게 내가 접근하도록
         주선 좀 해 달라는 것이네.

이아고   곧 보내 드리죠,
그리고 당신이 무어인의 방해 없이
좀 더 자유롭게 대화하고 일 보도록   40
방책을 궁리해 보지요.

카시오   겸허하게 고맙네.   (이아고 퇴장)
                 피렌체 출신 중에
보다 더 친절하고 정직한 사람은 못 봤어.

                  에밀리아 등장.

에밀리아 안녕하세요, 부관님. 호의를 잃으신 건
미안한 일이지만 분명코 다 잘될 거예요.   45
장군님과 부인께서 그 일을 얘기하시는데
그녀는 당신을 비호하고 무어인의 응답은
당신이 해친 분은 키프로스에서 명망 높고
고위층과 친척이라
신중한 판단에서 당신을 거절할 수밖에   50
없다고 하시지만, 단언컨대 당신을 아끼며
좋아한단 그 사실만으로도 별도의 간청 없이
기회의 신 앞머리를 최적기에 붙잡고
다시 부르신답니다.

53행 기회의…앞머리 기회의 신의 앞머리는 숱이 많지만 뒤는 대머리라고 한
다. (아든)

카시오	그래도 부탁인데

카시오　　　　　　　　그래도 부탁인데

적절하다 여기거나 가능한 일이면　　　　　　55

데스데모나와 홀로 잠시 대화 나눌

기회를 주시오.

에밀리아　　　　　　　안으로 들어와요,

당신의 속마음을 시간 갖고 시원하게

말할 곳에 모시지요.

카시오　　　　　　　　　대단히 감사하오.

(함께 퇴장)

3막 2장

오셀로, 이아고 및 신사들 등장.

오셀로　이아고, 이 편지 묶음을 선장에게 전하고

그를 통해 나라에 경의를 표하도록.

그런 다음, 난 성곽을 둘러볼 테니까

그곳으로 오게나.

이아고　　　　　　　예, 장군님, 그러지요.

오셀로　여러분, 요새를 한번 살펴볼까요?　　　　5

신사 1　장군님을 따르겠습니다.　　　(함께 퇴장)

3막 2장 장소　성채.

3막 3장

데스데모나, 카시오, 에밀리아 등장.

데스데모나	안심해요, 카시오. 당신을 위하여
	내 모든 능력을 다할게요.
에밀리아	그러세요, 마님, 제 남편도 이게 분명
	자신의 일인 양 슬퍼한답니다.

데스데모나   오, 거 정직한 사람이네. 믿어요, 카시오,   5
당신과 남편을 이전처럼 친하게
만들어 줄 테니까.

카시오   인심 좋으신 마님,
마이클 카시오가 어떻게 되든 간에
당신의 진실된 하인일 뿐입니다.

데스데모나   알아요, 고마워요. 당신은 남편을   10
사랑하고 오래 알고 지냈으니 분명코
그이가 당신을 아무리 낯설게 대해도
현명한 거리 두기 이상으로 멀어지진
않으실 거예요.

카시오   예, 그렇지만 사모님,
그러한 현명함이 너무 오래가거나   15
하찮고 빈약한 이유로만 유지된다거나
너무나 엉뚱한 사건으로 비화하면

3막 3장 장소 성채 안의 정원.

　　　　　　　저는 안 보이고 제 자리는 채웠으니

　　　　　　　장군님은 제 사랑과 봉사를 잊으실 겁니다.

데스데모나　그런 걱정 마세요, 에밀리아 앞에서　　　　　　20

　　　　　　　당신의 자리를 보장해요. 안심해요,

　　　　　　　전 우정을 맹세하면 그것을 철두철미

　　　　　　　실행할 거예요. 남편은 절대로 못 쉴 테고

　　　　　　　안 재워서 길들이며 못 견디게 얘기하고

　　　　　　　침대는 학교로, 식탁은 고해실로 보이게끔　　25

　　　　　　　그이의 모든 일과 카시오의 요청을

　　　　　　　엮어 놓을 거예요. 그러니 힘내요, 카시오,

　　　　　　　당신의 변호인은 당신 청을 버리느니

　　　　　　　차라리 죽고 말 거예요.

　　　　　　　　　　　오셀로와 이아고 등장.

에밀리아　　마님, 주인님이 오십니다.　　　　　　　　　30

카시오　　　부인, 전 물러나겠습니다.

데스데모나　아니, 남아서 내 말을 들어 봐요.

카시오　　　지금은 아닙니다. 맘이 아주 불안하여

　　　　　　　제 목적에 맞지가 않습니다.

데스데모나　그럼, 재량껏 하세요.　　　　　(카시오 퇴장)

이아고　　　　　　　　　　하, 저건 좋지 않은데.　　35

오셀로　　　그게 무슨 말이냐?

이아고　　　아뇨, 장군님, 혹시나 ― 모르겠습니다.

오셀로	내 아내와 헤어진 게 카시오 아니었어?
이아고	카시오요? 분명코 아니죠, 그이가 저렇게
	죄인처럼 튀었다곤 생각할 수 없습니다, 40
	장군님이 온 걸 보고.
오셀로	틀림없이 그였어.
데스데모나	여보 어쩐 일이세요?
	전 여기서 당신이 싫어하기 때문에
	풀 죽은 탄원자와 얘기하고 있었어요.
오셀로	그것이 누구란 말이오? 45
데스데모나	그야 당신 부관인 카시오죠. 여보,
	당신을 움직일 애교나 힘이 제게 있다면
	그에 대한 호의를 당장 회복해 주세요.
	왜냐하면 그가 진정 당신을 사랑하며
	고의 아닌 무식으로 실수한 게 아니라면 50
	정직한 얼굴을 제가 판단 못 하기 때문이죠.
	제발 다시 부르세요.
오셀로	그가 방금 떠났소?
데스데모나	그럼요. 너무나 기가 죽어
	슬픔의 일부를 남겨 놓고 떠났기에
	저도 같이 아파요. 여보, 다시 부르세요. 55
오셀로	고운 데스데모나, 지금 말고 나중에.
데스데모나	하지만 곧이요?
오셀로	당신 땜에 빨리 하지.
데스데모나	오늘 저녁 식사 때요?

오셀로	오늘 밤은 안 되오.
데스데모나	그럼 내일 점심은요?
오셀로	밖에서 먹을 거요.

요새에서 대장들과 모임이 있다오.　　　　　　　　60

| 데스데모나 | 그럼 내일 저녁이나 화요일 아침이나 |

화요일 낮이나 밤이나 수요일 아침에요.
부탁인데 시간을 알려 줘요, 하지만
사흘을 넘기진 마세요. 그는 정말 뉘우쳐요,
하지만 그의 죄는 상식으로 봤을 때　　　　　　65
— 병법엔 최고를 본보기로 삼아야 한다는
그런 얘기 외에는 — 개인적인 견책 받을
잘못조차 아니에요. 언제 오면 될까요?
말해 줘요, 오셀로. 맘속 깊이 궁금한데
당신의 요청에 제가 뭘 거절한다거나　　　　　70
그렇게 망설이겠어요? 아니, 구애할 때
당신과 함께 와서 제가 그리 여러 번
당신을 헐뜯었을 때에도 편들어 주었던
마이클 카시오를 다시 불러오는 게
이렇게 힘들어요? 맙소사, 저라면 뭐든지! —　75

| 오셀로 | 제발 그만. 아무 때나 오라 해요, 당신에겐 |

뭐든 거절 않을 테니.

| 데스데모나 | 아니 이건 청탁이 아니라 |

마치 제가 당신께 장갑을 끼라든가
좋은 음식 들라든가, 몸 따뜻이 하라든가

	당신 몸에 특별히 좋은 일을 하시라고	80
	간청하는 일과 같죠. 아뇨, 제가 진정	
	당신의 사랑을 시험해 보려고 청을 할 때	
	그것은 중대하고 어려워서 허락하기	
	무서우실 거예요.	
오셀로	당신에겐 뭐든 거절 않겠소.	
	그에 따라 간청컨대 이것만 허락하오,	85
	잠시만 날 혼자 있게 해 줘요.	
데스데모나	제가 거절할까요? 아니죠, 여보 안녕.	
오셀로	안녕, 데스데모나. 당신 곁에 곧 가리다.	
데스데모나	가, 에밀리아. ― 당신의 변덕대로 하세요.	
	어떻게 하시든 복종할 거예요.	90

(데스데모나와 에밀리아 퇴장)

오셀로	빼어나게 몹쓸 것! 그대 사랑 않는다면
	내 영혼은 파멸되고! 그대 사랑 않을 때
	혼돈은 다시 오리.
이아고	고귀하신 장군님 ―
오셀로	뭔 일인가, 이아고?

91~93행 그대⋯오리 태초의 혼돈으로부터 나온 최초의 신은 사랑이라는 고대 그리스의 전설을 떠올리게 하는 말. (뉴케임브리지)
94행 고귀하신 장군님 여기에서 그 유명한 유혹 장면이 시작된다. 이아고의 재주는 명백하다. 하지만 그가 쓰는 술책의 다양함은 항상 충분한 주목을 받지 못하는 게 아닐까 생각한다. 이아고는 몇 가지 질문을 하고 그 질문의 함축된 뜻을 마지못해 밝히는 것으로 유혹을 시작한다. (아든)

| 이아고 | 당신께서 부인의 사랑을 구했을 때 | 95 |

이아고　당신께서 부인의 사랑을 구했을 때　　　　95
　　　　마이클 카시오가 당신의 사랑을
　　　　알았어요?

오셀로　　　　　　알았지, 처음부터 끝까지.
　　　　왜 묻나?

이아고　제 생각을 확인해 보려는 것뿐이고
　　　　나쁜 뜻은 없습니다.

오셀로　　　　　　　　왜 자네 생각을?　　　　100

이아고　전 그가 부인과 안면이 없었다고 생각했죠.

오셀로　오, 있었지, 중매 역을 퍽 자주 했으니까.

이아고　정말로요?

오셀로　정말로? 암, 정말로. 뭐 짚이는 게 있는가?
　　　　정직하지 않은가?　　　　105

이아고　정직해요, 장군님?

오셀로　정직해요? 암, 정직 말이야.

이아고　장군님, 제가 아는 바로는.

오셀로　자넨 어찌 생각하나?

이아고　생각해요, 장군님?　　　　110

오셀로　생각해요, 장군님? 원 참, 내 말을 따라 하네,
　　　　마치 그 생각 속에 보기엔 너무 추한
　　　　괴물이 든 것처럼. 자넨 뭔가 할 말 있어,
　　　　방금도 카시오가 내 아내를 떠났을 때
　　　　좋잖다고 한 말을 들었어. 뭐가 안 좋은데?　　　　115
　　　　또 나의 전 구애 과정에 그가 내 상담 역을

맡았다고 했을 때도 '정말로요?' 그랬고
그 순간 끔찍한 상상을 머릿속에 가둔 듯
눈살 당겨 찌푸렸어. 진정 날 아낀다면
그 생각을 보여 주게.

이아고   당신은 제 사랑 아십니다.   120

오셀로   날 사랑한다고 생각해.
그리고 자네가 사랑과 정직이 가득하고
말 무게를 달아 보고 내뱉음을 알기에
이런 머뭇거림에 더욱더 놀랐다네.
그런 짓이 거짓되고 불충한 놈에겐   125
습관적인 속임수이지만 정의로운 사람에겐
진심에서 우러나와 감정으론 못 누르는
은밀한 암시니까.

이아고   마이클 카시오는
감히 맹세하건대 정직하다 생각해요.

오셀로   나도 그래.

이아고   사람은 안팎이 같아야죠.   130
안 그런 자들은 헛것으로 보였으면.

오셀로   분명해, 사람은 안팎이 같아야지.

이아고   그렇다면 카시오는 정직하다 생각해요.

오셀로   아냐, 여기엔 뭔가가 더 있어.
생각하는 것들을 제발 내게 말해 주게,   135
되새겨 본 뒤에 최악의 생각을 표현하게,
최악의 언어로.

| 이아고 | 장군님, 용서해 주십시오. |

제가 모든 의무엔 매여 있는 몸이지만

뭇 노예도 자유로운 것에는 안 매였습니다. ―

생각을 발설해요? 그것이 천하고 나쁘면요?   140

가끔씩 더러운 게 침입 않는 궁궐이

어디에 있답니까? 불결한 관념들이

합법적인 명상과 영주처럼 같이 앉아

재판하지 않을 만큼 깨끗한 가슴을

누가 가졌답니까?   145

| 오셀로 | 이아고, 자네는 친구가 천대를 받았다 |

생각만 하면서 그 생각을 귀띔 안 해 준다면

그에게 음모를 꾸미는 셈이네.

| 이아고 | 간청컨대 |

어쩌면 제 짐작이 틀릴 수도 있지만

― 결점을 파헤치고 제 열성 때문에   150

없는 결함 만드는 게 제 본성의 고질임을

고백합니다만 ― 장군께선 지혜롭게

너무나 서툴게 상상하는 자의 말은

주의도 마시고, 그런 자의 마구잡이

모호한 관찰로 고민도 마시기 바랍니다.   155

제 생각을 알리는 건 당신의 평안과 이익과

저 자신의 인간됨, 정직성과 지혜에도

안 좋은 일입니다.

| 오셀로 | 젠장! 그게 무슨 뜻이야? |

이아고	장군님, 남녀에게 훌륭한 이름은
	그들의 영혼과 직결된 보물이죠. 160
	제 지갑을 훔친 자는 쓰레기를 훔쳤는데 —
	별것 아닌 헛것으로 내 것에서 그의 것,
	노예처럼 수많은 사람들의 것이었죠. —
	하지만 훌륭한 제 이름을 탈취해 가는 자는
	스스로 부자는 못 되지만 없으면 전 정말 165
	가난해지는 걸 빼앗죠.
오셀로	기필코 그 생각을
	알 테다!
이아고	제 심장을 손안에 쥐었대도 못 하시고
	제가 그걸 보관하고 있는 한 안 됩니다.
오셀로	하!
이아고	오, 장군님, 질투심을 조심해요! 그것은 170
	희생물을 비웃으며 잡아먹는 푸른 눈의
	괴물이랍니다. 오쟁이 진 자가 운명을 꼭 믿고
	가해자를 사랑하지 않으면 지복 속에 살지요,
	하지만, 오, 혹했는데 의심하고 수상한데
	그래도 강렬히 사랑하면 그자는 얼마나 175
	저주받은 분초를 헤아리겠습니까!
오셀로	오, 비참하다!
이아고	가난하나 족하면 부자에다 넉넉한 부자지만
	가난해질까 봐 언제나 두려운 사람에게
	한없는 재산은 겨울처럼 가난한 법이죠. 180

선하신 하느님, 우리 친족 모두의 영혼을
질투 않게 지키소서.

오셀로 　왜 — 왜 그러나?
자넨 내가 질투하며 살 거라고 생각하나?
언제나 변하는 달을 따라 새로운 의심을　　　　185
일으키며 말이지? 아냐, 만일에 의심하면
단번에 해결이야. 자네의 추정에 들어맞는
그따위 엉터리 불어 터진 억측을
내 영혼의 본분으로 삼는 일이 생긴다면
염소와 날 교환하게. 내 아내가 아름답고　　　　190
잘 먹고 친구들 좋아하고 자유롭게 말하고
노래와 연주와 춤 재주가 있다 해서
　질투 안 해.
이런 건 미덕이 있으면 덕을 높여 주니까.
또한 내게 매력이 메말라 있다 해서
좀이라도 두렵거나 배신을 염려 안 해,　　　　195
그녀는 두 눈 뜨고 날 택했으니까.
　아냐, 이아고,
난 의심에 앞서 보고, 의심하면 입증하고
증거가 있으면 이렇게 할 수밖에 —
사랑 아님 질투를 당장에 없앨 거야!

이아고 　이거 반갑습니다, 이제야 당신께 품고 있는　　200
사랑과 복종심을 조금 더 솔직히 보여 드릴
이유가 생겼으니까요. 그러니 받으시죠,

드리게 돼 있는 걸. 아직은 증거가 아니지만
부인을 카시오와 더불어 잘 지켜보십시오,
눈빛은 이렇게, 질투도 과신도 않으면서.   205
너그럽고 귀한 분이 선심 땜에 속는 것은
제가 원치 않으니 유념해 주십시오.
자국인의 성향을 저는 잘 압니다. ─
베네치아에서는 여자들이 남편들에게는
감히 못 보여 주는 못된 짓을 하느님은   210
보시게 한답니다. 그들의 최고 도덕 관념은
안 하는 게 아니라 안 들키는 거랍니다.

오셀로　　그렇단 말이지?

이아고　　그녀는 당신과 결혼해서 아버질 속였고
당신의 표정에 떨면서 겁먹은 듯했을 때   215
가장 좋아 했습니다.

오셀로　　　　　　　　그랬지.

이아고　　　　　　　　　　　아, 그럼요,
너무 어린 여자가 그렇게 시치미를 뚝 떼고
아버지의 두 눈을 속여서, 새카맣게 ─
그는 그걸 마술로 여겼죠. 하지만 제 잘못이
너무나 큽니다. 당신을 너무 사랑했으니   220
겸허히 용서를 빕니다.

오셀로　　자네에게 영원히 빚을 졌네.

이아고　　이 일로 심적인 타격이 좀 있어 보입니다.

오셀로　　전혀, 전혀, 아니네.

이아고	사실은 있을까 겁납니다.

제가 한 말, 사랑에서 나왔던 것임을   225
고려해 주십시오. 근데 정말 흔들려 보입니다.
제 말을 더 뻔한 결론이나 의혹을 넘어서
더 넓은 범위로 비틀지는 마시길
기도해야겠습니다.

오셀로 안 그러지.

이아고   만약 그리하신다면 장군님,   230
제 말은 목표 삼지 않았던 사악한 결과를
불러올 겁니다, 카시오는 제 귀한 친구니까.
장군님, 흔들린 게 보여요.

오셀로   아냐, 많인 아냐.
난 데스데모나가 정숙지 않다곤 생각 안 해.

이아고 그런 그녀, 그리 생각하시는 당신 만세!   235

오셀로 그렇지만 빗나간 본성이 어떻게 ─

이아고 예, 그게 요점입니다. 감히 말씀드리자면
그녀는 인간이 만사에서 저절로 지향하는
자신과 같은 나라, 피부색과 신분의
많은 혼인 자리를 좋아하지 않고서 ─   240
흥! 우리는 그러한 욕망에서 가장 썩고
추한 모순, 부자연한 생각을 냄새 맡죠.
하지만 용서하십시오, 그녀를 꼭 집어
이런 주장 하는 건 아니나 그래도 그녀가
더 나은 판단력을 되찾아 이 나라 남자와   245

당신을 비교하며 혹 후회할 순 있다고
걱정은 됩니다.

오셀로 　　　　　　잘 가게, 잘 가게.
더 알아내는 게 있거든 알려 주고
자네 처가 관찰토록 해 주게. 가 보게, 이아고.

이아고 장군님, 전 물러갑니다.

오셀로 　　　　　　　　내가 왜 결혼했지?　　250
정직한 이 녀석은 드러내는 것보다
틀림없이 더 많이 — 훨씬 많이 — 보고 알아.

이아고 장군님, 이 일을 더 이상 뜯어보지 마시길
간절히 바라고 싶습니다. 시간에 맡기세요.
카시오가 그 자리에 앉는 건 적절하나　　255
분명코 대단한 능력을 발휘하니까요,
그래도 잠시 그를 멀리해 보신다면
그와 그의 수단을 감지하실 것입니다.
부인께서 강하게 아니면 격렬히 조르면서
그를 환대 않는지 주목하면 거기에서　　260
많은 게 보이실 겁니다. 그동안엔 이 몸을
걱정거리 캐묻기 좋아한다 생각해 주시고
— 충분한 이유가 있다고 걱정이 되니까 —
부인은 결백하다 여기시길 꼭 간청드립니다.

오셀로 내 처신은 걱정 말게.　　265

이아고 다시 한번 물러가겠습니다.　　(퇴장)

오셀로 이 친구는 정직성을 넘칠 만큼 지녔고

인간사의 본질을 학구적 기질로 다 안다.
그녀가 야생의 매라는 게 입증되면
그것의 발목 끈이 소중한 내 심금일지라도   270
난 그녀를 바람 따라 휙 날려 버리고
운에 맡겨 살게 하리. 아마 내가 검은 데다
안방 출입 한량들의 부드러운 사교술이
없기 때문이거나 내 나이가 황혼기에
들었기 때문에 ─ 깊이 든 건 아닌데 ─   275
그녀는 떠났어. 난 상처를 입었고 그 위안은
증오심이 돼야 한다. 오, 결혼의 저주여,
섬세한 이것들의 욕망 아닌 몸만을
우리 거라 부르다니! 난 차라리 한 마리
두꺼비가 된 다음 동굴의 이슬로 살지언정   280
아끼는 물건을 남들이 쓰도록 한구석만
차지하진 않으리라. 근데 이건 천민들보다도
특전을 적게 받은 고관들의 재앙이고
죽음처럼 피치 못할 숙명인데 ─ 우리가
잉태됐을 바로 그때 이 오쟁이 질 재앙은   285

271행 휙…버리고 매로 하여금 먹이를 뒤쫓게 할 때는 휘파람 소리와 더불어 바람을 거슬러 날리고, 놓아줄 때는 바람 따라 보낸다. 즉 데스데모나는 길들이기에는 너무나 거칠다. (아든)
282~283행 근데…재앙이고 오셀로의 생각은 얼토당토아니하다는 해석과, 고관들은 임무 때문에 집을 떠나 있는 경우가 많기 때문에 더 위험하다는 해석이 있다. (아든)

운명으로 주어졌다.

데스데모나와 에밀리아 등장.

그녀가 오는구나.

그녀가 배신하면, 오, 하늘은 자신을 비웃고

난 그걸 못 믿으리.

데스데모나   뭐 하셔요, 오셀로 님?

저녁상과 초대받은 섬의 귀족분들이

당신의 참석을 기다리고 있어요.   290

오셀로   내 탓이야.

데스데모나   왜 그렇게 목소리가 약해요?

편치가 않으세요?

우셀루   이마에 통증이 좀 있구려, 여기에.

데스데모나   정말, 못 자서 그런 건데 없어질 거예요.

머릴 묶어 드릴게요. 한 시간도 안 돼서   295

좋아지실 거예요.

오셀로   손수건이 너무 작군.

(그녀가 손수건을 떨어뜨린다.)

버려둬요. 자, 당신과 함께 들겠소이다.

데스데모나   당신이 편찮아서 정말로 안됐어요.

293행 이마에 통증 오쟁이 진 남편의 이마에 돋는다고 생각되었던 뿔을 염두
에 두고 하는 말.

100

(오셀로와 데스데모나 함께 퇴장)

에밀리아 손수건을 우연히 줍게 되어 기쁘네.

무어인이 마님께 준 첫 번째 선물인데   300

고집 센 내 남편이 훔치라고 백번이나

애걸을 했지만 그녀는 이 정표를 너무 아껴

— 항상 간직하라고 그가 당부했으니까 —

언제나 자기 몸에 지니면서 거기에다

키스하고 말을 건다. 이 무늬를 베껴서   305

이아고한테 줘야지. 어디에다 써먹을지

하늘만 아시고 난 몰라,

그이의 변덕밖엔 아는 게 없지 뭐야.

이아고 등장.

이아고 웬일이야! 여기서 혼자 뭐 해?

에밀리아 나무라지만 마, 당신에게 줄 게 있어. —   310

이아고 나에게 줄 게 있어? 어리석은 아내처럼 —

에밀리아 하?

이아고 흔해 빠진 거겠지.

에밀리아 오, 말 다 했어? 바로 그 손수건 값으로

이제 뭘 줄 건데?

이아고   무슨 손수건인데?   315

에밀리아 무슨 손수건인데?

그야, 무어인이 데스데모나에게 처음 준 거,

당신이 입 닳도록 훔쳐 오라 했던 거.

이아고 그것을 훔쳐 냈어?

에밀리아 아니 실은 그녀가 부주의로 떨어뜨렸는데   320
내가 운 좋게도 여기에 있다가 주웠어.
봐, 이거야.

이아고   우리 착한 아기씨, 이리 줘.

에밀리아 이걸 뭣에 쓸려고 그렇게 애타게
슬쩍해 오랬는데?

이아고   (가로채며) 왜, 그게 뭔 상관인데?

에밀리아 무언가 중요한 목적이 아니라면   325
도로 줘. 딱한 마님, 없다는 걸 알게 되면
미치게 되실 거야.

이아고   모르는 척하라고,
쓸데가 있으니까 가, 혼자 있게. (에밀리아 퇴장)
카시오의 숙소에 이 손수건을 놔두고
그가 줍게 해야지. 질투하는 사람에겐   330
공기처럼 가볍고 하찮은 물건도 성경처럼
강력한 확증이다. 이게 일을 벌이겠지.
무어인은 내 독으로 이미 달라지고 있다.
위험한 상상은 그 본질이 독약인데
처음엔 역겨움을 거의 못 느끼다가   335
약간씩 핏속으로 퍼지기 시작하면
유황처럼 타오른다.

오셀로 등장.

　　　　　　　그렇다고 했잖아.
저것 봐, 그가 왔어. 어떤 아편, 수면제나
이 세상의 졸음 오는 모든 물약 다 마셔도
어저께 당신에게 찾아왔던 달콤한 잠　　　　340
다시는 못 잘 거다.

오셀로　　　　　　　하! 하! 날 배신해?

이아고　　아니, 장군님, 어떻게? 그 얘긴 그만둬요.

오셀로　　가, 꺼져 버려, 넌 나를 고문대에 올려놨어!
맹세코, 조금만 아는 것보다는 심하게
속는 편이 더 낫다.

이아고　　　　　　장군님, 어쩐 일로?　　　345

오셀로　　그녀의 은밀한 욕정의 시간을 내가 느껴?
보지도 생각지도 않았고, 해도 없어,
이튿날 저녁에도 잘 자고 먹었고 명랑했어,
그녀의 입술에서 카시오의 키스도 못 봤고.
도둑을 맞은 자가 빼앗긴 걸 모를 때　　　350
알려 주지 않으면 전혀 도둑 안 맞았어.

이아고　　이런 말을 듣게 되어 슬픕니다.

오셀로　　난 공병과 군인들 모두가 그녀의 달콤한

353행 공병　당시에는 가장 저급한 종류의 군인으로 생각되었다. 병사들은
때로 벌로 공병 목두리 형을 받곤 했다. (뉴케임브리지)

육체를 맛봤어도 아무것도 몰랐으면
행복했을 것이다. 오, 고요한 마음이여,　　　355
이제는 영원히 잘 가라. 만족이여, 잘 가라!
깃털 투구 부대와 야망을 미덕으로 만드는
커다란 전쟁이여, 잘 가라. 오, 잘 가라,
잘 가라, 말 울음과 날카로운 나팔과
투혼을 깨우는 북소리, 귀청 찢는 고적과　　　360
화려한 깃발과 영광스러운 전쟁의 특징인
온갖 과시, 장대함 그리고 의식이여!
오 너희 치명적인 대포여, 그 거친 목청으로
조브의 무서운 천둥소리 흉내 냈지,
잘 가라. 오셀로의 직업은 사라졌다!　　　365

이아고　　장군님, 이럴 수가?

오셀로　　나쁜 놈, 내 사랑 그녀가 창녀임을 입증해라,
확실히 해, 가시적인 증거를 내놔라.
안 그러면 영원한 인간의 영혼에 맹세코
깨어난 내 분노에 답하느니 넌 출생이　　　370
개였으면 좋았을 것이다.

이아고　　　　　　　　　　이 지경이 됐어요?

오셀로　　내가 보게 해 주거나 아니면 적어도
의심할 구석이나 틈새 하나 없을 만큼
입증을 못 할 땐 슬픈 삶을 각오해라!

이아고　　고귀하신 장군님 —　　　375

오셀로　　네놈이 그녀를 중상하고 나를 고문했으면

기도를 멈추고 후회를 다 포기해라.
가공할 범죄를 높이 쌓아 올려라,
하늘을 울리고 온 땅이 놀랄 행동 다 해라,
그래도 네놈의 영벌에 그것보다 더 크게   380
보탤 건 없을 테니!

이아고   오, 신은 용서하소서!
당신이 남자요? 영혼이나 의식이 있어요?
전 갑니다, 제 직위 받으세요. 오, 딱한 바보,
정직한 게 흠이 될 정도로 사랑을 하다니!
오 끔찍한 세상이다! 세상은 주목하라,
　　주목해,   385
사람이 바르고 곧으면 안전치 못한단다.
이런 교훈 주셔서 고맙고 지금부턴
사랑은 이런 화를 부르니 친구 사랑 않겠어요.

오셀로   아니, 멈춰라. 넌 정직해 보인다.

이아고   현명해야 하겠지요, 정직하면 바보고   390
위해 준 그 사람을 잃으니까.

오셀로   세상에 맹세코
난 아내가 정숙하다, 그렇잖다, 생각하고
네놈 말이 맞는다, 그렇잖다, 생각해.
증거를 찾고야 말 테다. 디아나의 안색처럼
깨끗했던 그녀의 이름이 이젠 내 얼굴처럼   395

394행 디아나 달과 순결의 여신.

검댕 칠로 시커멓다. 밧줄이나 칼이나,
독이나 불이나 숨 막히는 격류가 있다면
난 참지 않을 테다. 확신해 봤으면!

이아고   장군님, 격정에 휘둘리고 계시군요.
제가 그걸 일으켜서 정말 후회됩니다.   400
확신하고 싶으세요?

오셀로   싫어? 아니, 할 거야!

이아고   하실 수도 — 근데 어찌? 어떻게 확신하죠?
구경하듯 야비하게 입 벌리고 바라봐요?
밑에 깔린 그녀를?

오셀로   이런 죽어 지옥 갈! 오!

이아고   그들이 그런 꼴을 보이게 만드는 건   405
생각건대 지겹게 어렵겠죠. 그렇다면
배 맞추고 있는 게 언젠가 발각되면
영벌을 내리시죠. 그럼 뭘? 그럼 어찌?
뭐라고 말할까요? 확신은 어디 있죠?
당신이 그것을 본다는 건 불가능합니다,   410
그들이 염소의 정력에 원숭이처럼 몸 달고
발정한 늑대처럼 음란하고 술 취한 무식처럼
우둔한 바보라 할지라도. 하지만 말이죠,
만약에 귀책과 정황 증거 이용하여

396~398행 밧줄이나…테다 여기에서 오셀로가 자살을 생각하고 있는지, 아
니면 살인을 염두에 두고 있는지는 분명치 않다. (아든)

106

	곧바로 진실의 문 앞에 이르는 것으로	415
	확신이 되신다면 그건 할 수 있습니다.
오셀로	그녀가 부정하단 생생한 이유를 내놔라.
이아고	이 임무를 좋아하진 않습니다.
	하지만 여태까지 이 일에 관여해 왔으니
	어리석은 정직성과 사랑에 자극받아	420
	계속하죠. 제가 최근 카시오와 누웠는데
	욱신욱신 쑤셔 대는 이빨 하나 때문에
	잠을 못 이뤘지요. 속마음 단속이
	너무나 허술하여 자면서 자기 일을 내뱉는
	부류가 있는데—카시오도 이 부류에 속하죠.	425
	자다가 들었는데 그자가 '귀여운 데스데모나,
	둘이서 조심하고 사랑을 감추자.' 그랬고
	그런 다음 제 손을 꼭 잡고 쥐어짜며
	'오, 귀여운 것!' 외친 다음 제 입술에 키스를
	거기서 자라는 키스를 뿌리째 뽑아내듯	430
	열렬히 했으며, 다리를 제 허벅지에 걸치고
	한숨짓고 키스한 다음에 외쳤죠, '몹쓸 운명,
	널 무어인에게 주다니!'
오셀로	오, 섬뜩하다! 섬뜩해!
이아고	아뇨, 꿈이었을 뿐인데요.
오셀로	하지만 앞선 일이 있었다는 표시잖아.	435
이아고	기분 나쁜 의심이죠, 꿈이었을 뿐이지만,
	게다가 희미하게 드러난 그 밖의 증거를

굳히는 데에는 도움이 되겠지요.

오셀로 그년을 갈가리 찢을 테다!

이아고 아뇨, 아직은 신중히, 아직은 행위도 못 봤고   440
그녀는 아직 정숙할지도. 이것만 말해 줘요.
때때로 딸기 무늬 새겨진 손수건을
부인의 손에서 보신 적 없습니까?

오셀로 그런 걸 하나 줬지, 나의 첫 선물로.

이아고 그건 몰랐습니다만 그런 손수건으로   445
부인 것이 분명한데 제가 오늘 카시오가
수염을 닦는 걸 봤습니다.

오셀로   만약에 그거라면 —

이아고 그것이든 그녀의 다른 어떤 것이든
다른 증거 합쳐 볼 때 그녀에겐 나쁘죠.

오셀로 오, 그놈의 모가지가 사처 개였으면!   450
내 복수에 한 개는 너무 적고 너무 약해.
이제야 사실을 알았어. 이보게, 이아고,
내 바보 사랑을 다 이렇게 하늘로 날리네.
사라졌어!
너 검은 복수여, 텅 빈 지옥에서 일어나라,   455
오, 사랑이여, 그대의 왕관과 마음속 옥좌를
폭군인 증오에게 넘겨줘라! 살무사 혀 가득한
가슴아 부풀어라!

이아고   아직은 진정하십시오!

오셀로 오, 피, 피, 피를!   (무릎을 꿇는다.)

| 이아고 | 참으세요, 제발, 마음이 바뀔지도 몰라요. | 460 |

오셀로 절대로 안 그런다, 이아고. 흑해의
얼음처럼 찬 물결과 강압적인 진로가
한 번도 퇴조 않고 마르마라 바다로,
다르다넬스 해협으로 곧바로 나아가듯
피비린 내 생각도 맹렬한 걸음으로   465
더 막강한 복수심에 빨려 들 때까지는
절대로 뒤돌아보거나 겸손한 사랑으로
퇴조하지 않을 거다. 이제 저 대리석 하늘 걸고,
신성한 맹세에 적합한 경외의 마음으로
난 여기서 약속한다.

이아고   아직 서지 마십시오.   470

                 (이아고, 무릎을 꿇는다.)

항상 타는 천상의 빛들이여, 증언하라,
우리들 주변을 둘러싼 자연의 힘들이여,
이아고가 머리, 손, 마음의 활동을
상처 입은 오셀로를 돕기 위해 여기에
내놓으니 증언하라. 그의 명령이라면   475
그 어떤 피비린 일이라도 복종은 나에게
연민이 될 것이다.

오셀로   난 자네의 사랑을
공허한 감사 아닌 풍성한 승낙으로 맞이하고
지금 즉시 그것을 시험에 부치겠다.
사흘 안에 카시오가 살아 있지 않단 말을   480

나에게 들려주게.

이아고   제 친구는 죽습니다.

됐어요. — 요청대로. 하지만 그녀는 살려요.

오셀로 망할 년, 음탕한 년, 오, 망할 년! 망할 년!

자, 같이 나가. 난 이 고운 악마를 빨리 죽일

수단 찾아 물러나네. 이제 내 부관은 자네야.   485

이아고 전 영원히 당신 것입니다.   (함께 퇴장)

3막 4장
데스데모나, 에밀리아, 광대 등장.

데스데모나 이보게, 카시오 부관이 어디에 사는지 아는가?

광대 어디에서 산다는 말씀은 감히 못 드리죠.

데스데모나 왜 그런데?

광대 그는 군인인데 누가 군인을 산다고 말하면

그건 칼 맞을 일입니다요.   5

데스데모나 원 참, 묵는 데가 어디냐고?

광대 그가 묵는 데로 말씀드리자면 제가 먹는 곳

이란 말씀이죠.

데스데모나 도대체 그게 무슨 말이냐?

광대 전 그가 묵는 데를 모르는데 그가 먹는 데를   10

3막 4장 장소 성채 앞.

꾸며 내어 여기서 먹는다, 또는 저기서 먹는
다고 말씀드리는 건 새빨간 거짓말을 먹이는
일입죠.

데스데모나   그에 대해서 물어보고 소문의 가르침을 받
을 순 있겠나?   15

광대   그에 대한 문답을 이 세상과 해 보겠습니다
요, 즉 질문을 하고 그걸로 답을 얻는단 말
씀입죠.

데스데모나   그를 찾아내어 이리로 오라 하게. 내가 그를
위해 남편을 재촉했고 다 잘되길 바란다고   20
말해 주게.

광대   그렇게 하는 건 인간 지능의 범위 안에 있으
므로 제가 그 실시를 시도해 보겠습니다요.

(퇴장)

데스데모나   에밀리아, 내가 그 손수건을 어디서 잃었지?

에밀리아   마님, 전 모르겠네요.   25

데스데모나   정말이지 난 차라리 십자 금화 가득한
지갑을 잃었으면 좋겠어. 고귀한 무어인이
마음이 올곧고 질투하는 자들처럼
천하지 않기에 망정이지 나쁜 생각 일으키기
충분한 사건이야.

에밀리아   질투하지 않으셔요?   30

26행 십자 금화 십자가가 새겨진 포르투갈 주화. (아든)

데스데모나　　누구, 그이? 태어나신 그곳의 태양에
　　　　　　　그러한 체액은 다 말랐다 생각해.

　　　　　　　　　　오셀로 등장.

에밀리아　　　　　　　　　　　　　　오시네요.
데스데모나　　카시오가 불리어 올 때까지 지금은 저이를
　　　　　　　떠나지 않겠어. 여보, 기분이 어떠세요?
오셀로　　　좋아요, 부인. (방백) 오, 꾸며 대기 힘들구나! ㅡ　35
　　　　　　　데스데모나 당신은 어떻소?
데스데모나　　　　　　　　　　　　　　좋아요, 주인님.
오셀로　　　손 좀 줘요. 좀 습한 손이군요, 부인.
데스데모나　　아직은 세월도 슬픔도 겪지 않았답니다.
오셀로　　　이것은 풍요와 아낌없는 마음을 뜻하오.
　　　　　　　덥고, 덥고, 습하니까. 당신의 이 손은　　　　　　40
　　　　　　　방종을 멀리 떠나 금식과 기도와
　　　　　　　수많은 채찍질과 경건한 예배가 필요하오.
　　　　　　　여기에 예사로 반항하는, 젊으며 땀 흘리는
　　　　　　　악마가 있으니까. 이것은 친절하고
　　　　　　　관대한 손이오.
데스데모나　　　　　　　　　정말로 맞는 말씀이에요,　　　45
　　　　　　　제 마음을 드린 건 바로 그 손이니까.

―――――――――

40행 덥고 욕정이 넘치고 색을 밝힌다는 뜻으로 읽힐 수 있다. (아든)

오셀로	아낌없는 손이지. 옛적엔 맘과 손을 줬지만
	새로운 방식은 마음 아닌 손이라오.
데스데모나	그런 건 몰라요. 자, 자, 당신 약속.
오셀로	무슨 약속, 꼬꼬댁?
데스데모나	당신과 얘기하게 카시오를 불렀어요.
오셀로	콧물이 끈질기게 날 귀찮게 하는구려.
	당신의 손수건 좀 빌려 줘요.
데스데모나	여보, 여기요.
오셀로	내가 준 것 말이오.
데스데모나	지금은 안 가지고 있어요.
오셀로	안 가졌어?
데스데모나	예, 여보, 정말로.
오셀로	잘못이오. 바로 그 손수건은

오셀로 아낌없는 손이지. 옛적엔 맘과 손을 줬지만
새로운 방식은 마음 아닌 손이라오.

데스데모나 그런 건 몰라요. 자, 자, 당신 약속.

오셀로 무슨 약속, 꼬꼬댁?   50

데스데모나 당신과 얘기하게 카시오를 불렀어요.

오셀로 콧물이 끈질기게 날 귀찮게 하는구려.
당신의 손수건 좀 빌려 줘요.

데스데모나 여보, 여기요.

오셀로 내가 준 것 말이오.   55

데스데모나 지금은 안 가지고 있어요.

오셀로 안 가졌어?

데스데모나 예, 여보, 정말로.

오셀로   잘못이오. 바로 그 손수건은
이집트인 하나가 어머니께 준 것인데
그녀는 마법사로 사람의 마음을 거의 다   60
읽을 수 있었소. 그녀는 어머니가 그것을
지키는 한 예뻐서 아버지의 사랑을
독차지하지만, 만약에 그것을 잃거나
선물로 줘 버리면 아버지의 눈빛은
그녀를 혐오하고 그 마음은 새로운 연정을   65
쫓을 거라 말해 줬소. 어머니는 임종 때
내가 만약 운명 따라 아내를 맞으면
그걸 주라 하셨소. 난 그리했으니 ─주의해요!
애지중지해요, 당신의 보배 같은 눈처럼! ─

	만약에 잃거나 줘 버리면 그 무엇도	70
	필적 못 할 파멸이 올 것이오.	
데스데모나	그럴 수가?	
오셀로	사실이오, 그 직물엔 마술이 들어 있소.	
	이 세상에 살면서 태양 공전 주기를	
	이백여 번이나 헤아렸던 한 무녀가	
	예언자의 광기로 그 작품을 수놓았소.	75
	그 비단을 생산했던 누에들은 신성했고	
	염색은 전문가가 처녀들의 심장 녹인	
	진액으로 하였다오.	
데스데모나	정말 사실이에요?	
오셀로	참으로 진실이오, 그러니 잘 간수하시오.	
데스데모나	그럼 아예 그걸 보지 않았으면 좋았을걸!	80
오셀로	하! 뭣 때문에?	
데스데모나	왜 그렇게 펄쩍 뛰며 급하게 말하세요?	
오셀로	잃었소? 사라졌소? 없어졌단 말이오?	
데스데모나	원 세상에!	
오셀로	그래요?	85
데스데모나	잃지는 않았지만 만약 그랬다면요?	
오셀로	어떻게?	
데스데모나	잃진 않았다니까요.	
오셀로	가져와, 보여 줘요.	
데스데모나	글쎄, 그럴 순 있지만 지금은 안 할래요.	
	이건 저의 청을 따돌리려는 장난이죠.	90

	부탁인데 카시오를 다시 받아 주세요.	
오셀로	그 손수건 가져와요, 내 마음이 불안하오.	
데스데모나	자, 자,	
	더 능력 있는 사람 절대로 못 만나요.	
오셀로	그 손수건!	
데스데모나	부탁인데 카시오 얘기 해요.	95
오셀로	그 손수건!	
데스데모나	일생 동안 당신의 사랑 위에	
	자신의 행운을 쌓아 온 사람이며	
	당신과 위험을 나누었던 —	
오셀로	그 손수건!	
데스데모나	참말로, 당신 잘못이에요.	
오셀로	젠장! (퇴장)	100
에밀리아	이 남자가 질투를 안 해요?	
데스데모나	절대로 이런 적 없으셨어.	
	분명 그 손수건에 놀라운 게 있나 봐.	
	그것을 잃었으니 난 참으로 불행하지.	
에밀리아	남자를 한두 해를 가지고는 몰라요.	105
	그들은 다 배 속이고 우린 모두 음식인데	
	허기진 듯 집어 먹고 일단 배가 부르면	
	우리를 내뱉어요.	

이아고와 카시오 등장.

　　　　　　　　　　카시오와 제 남편이 오네요.

이아고　　달리 방법 없어요. 그녀가 해야만 하는데

　　　　　저 봐요, 운 좋네! 가서 졸라 보십시오.　　　110

데스데모나　웬일이죠, 카시오? 무슨 소식 있나요?

카시오　　마님, 앞서 드린 청입니다. 간청컨대

　　　　　마님의 효험 있는 수단으로 제가 다시

　　　　　존재하고 온 마음의 기능을 다하여

　　　　　전적으로 받드는 그분의 사랑받는 일원이　　115

　　　　　되게 해 주십시오. 밀리는 건 싫습니다.

　　　　　저의 죄가 너무나 치명적인 종류라서

　　　　　과거의 공헌이나 현재의 슬픔이나

　　　　　미래의 목표로 삼고 있는 공로로도

　　　　　그분의 사랑을 되찾을 수 없다면　　　　　120

　　　　　그것을 아는 것만으로도 득이 될 것이고

　　　　　그럼 전 억지로 만족한 기색 띠고

　　　　　운명 여신 동냥 얻을 다른 길에 이 몸을

　　　　　바치려 합니다.

데스데모나　　　　　　아, 세 겹으로 순하셔라.

　　　　　카시오, 지금은 제 변호가 안 먹혀요.　　　125

　　　　　제 남편은 제 남편이 아니고 겉모습이

　　　　　기분처럼 변했다면 누군지 몰라볼 거예요.

　　　　　그러니 신령한 혼들은 다 도와주소서,

　　　　　당신을 위하여 최선 다해 말했는데

　　　　　그런 자유 발언으로 그이의 불쾌감의　　　130

표적이 됐으니까. 잠시만 참아야 되겠어요.

제가 할 수 있는 일은 할 것이고 저를 위해

감히 하는 것보다 더 할 테니 만족해요.

이아고 장군님이 화났어요?

에밀리아 　　　　　　　방금 여길 나가셨고

분명히 이상하게 불안정한 상태셨어.　　　　　　135

이아고 그분이 화낼 수가? 대포가 부하들을

공중으로 날리고 바로 그의 팔에 안긴 동생을

악마처럼 훅 불어 버린 것도 봤는데 —

　　화날 수가?

그럼 뭔가 큰일이. 제가 가서 만나 보죠,

그분이 화났다면 정말이지 심상치 않네요.　　　　　140

데스데모나 제발 그래 주게나.　　　　　(이아고 퇴장)

　　　　　　　　분명 뭔가 나랏일이,

베네치아 일이거나 키프로스 현지에서

감춰졌던 음모가 그이에게 발각되어

해맑은 정신이 흐려졌고 그럴 때면

인간의 본성은 목표는 위대해도　　　　　　　　145

저급한 것들과 씨름해. 그래 바로 그거야,

손가락을 깨물면 꼭 같은 통증이

건강한 다른 부위에서도 생기니까.

그래 우린 남자들을 신으로 여겨도 안 되고

신혼에나 어울리는 자상한 마음씨를　　　　　　150

기대해도 안 된다. 난 아주 못됐어, 에밀리아,

무사 같은 재주도 없으면서 그이를
내 영혼과 둘이서 불친절로 고발했어.
하지만 이젠 내가 그 증인을 교사한 걸 알았고
그인 잘못 기소됐어.

에밀리아   마님의 생각대로   155
그게 나랏일이지 마님과 관계된 공상이나
질투 어린 망상은 아니기를 빌어요.

데스데모나   어쩌나, 난 절대 원인 제공 안 했어!

에밀리아   질투하는 이들에게 그건 답이 아니에요.
그들은 원인이 있어서가 아니라   160
질투하기 때문에 질투해요. 그것은
스스로 생기고 태어나는 괴물이랍니다.

데스데모나   그 괴물, 오셀로 마음에 못 들게 하소서!

에밀리아   마님, 아멘.

데스데모나   그이를 찾을게요. 카시오, 근처를 걸어요.   165
그이가 괜찮으면 당신 청을 해 보고
최선을 다하여 효과가 나도록 할게요.

카시오   부인께 겸허히 감사드리옵니다.

(데스데모나와 에밀리아 함께 퇴장)

비앙카 등장.

비앙카   안녕, 카시오 친구야!

카시오   집에 있지 왜 나왔어?

곱고 고운 비앙카, 어떻게 지냈어?　　　　　　　170
사실 난 자기네 집으로 가던 길이었어.

비앙카　나도 자기 숙소로 가던 길이었어, 카시오.
뭐, 일주일을 건너뛰어? 일곱 낮과 또 밤을?
백육십팔 시간을? 연인 없는 시간은
시계보다 일백육십 배나 더 지겨운데!　　　　175
오 계산하기 따분해라!

카시오　　　　　　　　　　　용서해 줘, 비앙카,
그동안 난 납처럼 무거운 생각에 눌렸지만
앞으로 조금만 더 한가한 때가 오면
못 만난 빚을 다 갚을게. 귀여운 비앙카,
　　　　　　　　(데스데모나의 손수건을 주면서)
이 무늬 좀 베껴 줘.

비앙카　　　　　　　　오, 카시오, 어디서 난 거야?　180
이것은 새로운 여자가 준 정표야!
이별을 느꼈는데 이제 그 원인을 느끼네.
이렇게 된 거야? 이런, 이런.

카시오　　　　　　　　　　　　관둬, 이 여자야.
그 더러운 추측은 악마 입에 도로 던져,
그곳에서 나왔을 테니까! 넌 지금 질투해,　185
그게 어떤 애인이 준 선물이랍시고.
아니야, 날 믿어, 비앙카.

비앙카　　　　　　　　　　그럼, 누구 건데?

카시오　모르겠어, 내 방에서 발견한 물건이야.

무늬가 썩 맘에 들어. 임자가 찾기 전에
그러기 십상인데, 옮겼으면 좋겠어.   190
가져가서 해 주고 이번에는 물러나 줘.

비앙카   물러나, 뭣 때문에?

카시오   난 여기서 장군님을 기다리고 있는데
딸린 여자 보이는 건 신용에도 소원에도
보탬이 되지 않아.

비앙카   왜 그런지 말해 봐?   195

카시오   널 사랑 않아선 아니야.

비앙카   하지만 날 사랑 않아서야.
부탁인데, 조금만 바래다줘, 그리고
밤에 곧 자기를 보게 될지 말해 줘.

카시오   조금밖에 바래다줄 수 없어, 여기가   200
기다리는 데니까. 하지만 곧 부러 갈게.

비앙카   잘 알았어, 난 상황에 따라야만 하니까.

(함께 퇴장)

4막 1장

이아고와 오셀로 등장.

이아고   그리 생각하세요?

오셀로   그리 생각하느냐고?

이아고   뭣을요,

몰래 키스하는 거요?

오셀로　　　　　　　　　　금지된 키스이지.

이아고　또는 남자 친구와 벌거벗고 침대에서

악의 없이 한 시간 좀 넘어 있는 거요?

오셀로　벌거벗고 침대에서, 이아고, 악의 없이?　　　　5

그것은 악마를 속여 먹는 위선이야.

뜻은 고결한데도 그리하는 자들은

악마가 그들의 미덕을, 그들은 하늘을 시험해.

이아고　아무 짓도 않는 한 가벼운 실수지요.

하지만 아내에게 손수건을 줬는데 —　　　　10

오셀로　그런데?

이아고　아니 그럼, 그녀 거죠, 장군님, 그러니까

아무 남자에게나 선사해도 되겠지요.

오셀로　그녀는 정절도 지켜야 할 터인데

그걸 줄 수 있겠어?　　　　15

이아고　그녀의 정절은 안 보이는 실재인데

안 가진 여자들이 아주 자주 갖고 있죠.

그렇지만 손수건은 —

오셀로　맹세코, 참 흔쾌히 잊으려고 했는데!

4막 1장 장소　성채 앞.

6행 그것은…위선이야　악을 감추기 위하여 선을 가장하는 것이 신에 대한 위선이라면 미덕을 가장하는 악행은 그 반대의 경우, 즉 '악마를 속여 먹는 위선'이다. (뉴케임브리지)

	자네가 말했지. ― 오, 기억에 떠올랐어,	20
	까마귀가 모두에게 예언하며 역병 생긴	
	집 위로 날아오듯. ― 그가 내 손수건을 가졌어.	
이아고	예 그게 어때서요?	
오셀로	이젠 그리 좋지 않아.	
이아고	그가 당신 욕하는 걸 봤단 말씀 드리면요?	
	아니면 들었단 걸 ― 이 세상엔 본인이	25
	끈덕지게 졸랐거나 애인이 스스로 혹하여	
	여자들을 덮치거나 만족시킨 다음에	
	지껄이지 않고는 못 배기는 놈들이	
	널려 있으니까요. ―	
오셀로	그가 뭔 말을 했어?	
이아고	했습니다, 장군님, 하지만 안심하십시오,	30
	취소할 수 있는 것만 했으니까.	
오셀로	뭐랬어?	
이아고	실은, 했다고요. ― 뭔지는 모릅니다. 했는데 ―	
오셀로	뭔데? 뭔데?	
이아고	잤답니다.	
오셀로	그녀와?	
이아고	와나 위나 좋으실 대로요.	
오셀로	그녀와 잤다고? 그녀 위에서 잤다고? 여자를	35
	헐뜯을 때 우린 그녀와 자 봤다고 그래! 그녀	
	와 잤다고! 젠장, 역겹구나! ― 손수건! 고백!	
	손수건! ― 고백하고 수고한 대가로 목이나	

매달려라! 먼저 목을 매달리고 그런 다음 고
백해라. 치 떨리는 일이다. 본성이 아무런 지　　40
시도 없는데 이렇게 어두운 격정에 사로잡히
진 않을 터. 내가 그깟 말 때문에 이렇게 떨
진 않아. 흥! 둘이서 코와 귀와 입술을. 이럴
수가? 고백? 손수건? 오, 악마여!

　　　　　　　　　　　　(혼수상태에 빠진다.)

이아고　　쭉 들어라,　　　　　　　　　　　　　　45
　　　　내 약아, 들어라! 쉬 믿는 바보들은
　　　　　　이렇게 잡히고
　　　　수많은 멋지고 정숙한 귀부인도 꼭 이렇게
　　　　아무런 죄도 없이 욕을 본다. ─ 이봐요!
　　　　　　장군님!
　　　　장군님, 제발요! 오셀로!

　　　　　　　카시오 등장.

　　　　　　　　　　카시오, 웬일이죠?

카시오　　거 무슨 일인가?　　　　　　　　　　　50

이아고　　장군님이 간질로 쓰러지셨습니다.
　　　　두 번째 발작인데 어제 한 번 있었지요.

카시오　　그 관자놀이를 문질러 드리지.

43행 코와…입술 대리 성기의 이미지. (아든)

이아고	아닙니다.

이 혼수상태는 조용히 지나가게 해야지

안 그러면 입으로 게거품을 내뿜고　　　　　55

곧 사나운 광기에 빠집니다. 봐요, 움직여요.

잠시 동안 저리로 물러나 계십시오,

장군님은 곧 회복되실 거고 떠나신 뒤

당신과 중요한 얘기를 나누고 싶습니다.

(카시오 퇴장)

장군님 어떠세요? 머리는 안 다치셨어요?　　　60

오셀로 날 놀려?

이아고 　　　　놀려요? 아닙니다, 맹세코!

불운을 남자답게 견디시면 좋겠어요!

오셀로 뿔 달린 남자는 괴물이고 짐승이야.

이아고 그렇다면 대도시엔 수많은 짐승들이

괴물 같은 시민들이 많습니다.　　　　　65

오셀로 그가 그걸 고백했어?

이아고 　　　　　저, 남자답게 구십시오,

결혼의 멍에 진 턱수염 난 친구들이

다 같이 끈다고 생각하십시오. 수백만이

독점을 장담하나 제 것 아닌 침대로

지금도 밤마다 자러 가요. 당신은 나아요.　　70

오, 의심 없는 침상에서 탕녀와 키스하고

60행 머리는 오쟁이 진 남편의 이마에 돋는다고 생각했던 뿔을 빗대어 하는 말.

그녀를 정숙하다 상상하게 만드는 건
지옥의 분풀이고 사탄의 으뜸가는
조롱이랍니다. 안 되죠, 제게 알려 주시면
전 지금의 절 아니까 그녀의 미래도 압니다.   75

오셀로   오, 자네는 현명해, 그것은 확실해.

이아고   잠시만 비켜서 계십시오.
가능한 한 자제력을 벗어나진 마십시오.
장군님이 조금 전 여기서 비탄에 눌렸을 때 —
그건 참 어울리지 않는 격정이었는데 —   80
카시오가 이리 왔죠. 전 그를 옆으로 데려가
혼절하신 이유는 적당히 둘러대었으며
곧 돌아와 여기서 얘기를 나누자 말했고
그는 약속했답니다. 숨어서 살펴만 보십시오,
그의 얼굴 구석구석 모든 곳에 깔려 있는   85
야유와 조롱과 뚜렷한 경멸을. 왜냐하면
그가 얘길 다시 하게 제가 만들 테니까요,
부인을 어디서 어떻게 얼마나 여러 번
얼마 전에 그리고 언제 다시 접할 건지.
몸짓을 지켜만 보십시오. 저런, 참으시죠,   90
안 그럼 울화만 가득하지 조금도 남자답지
못하다고 할 겁니다.

77행 잠시만…계십시오 코미디의 상투 수단. 피해자에게 술수를 써서 그가
들었으면 하는 것을 엿듣게 만든다. (아든)

오셀로	알겠나, 이아고?

난 아주 교묘하게 참겠지만 ─ 알겠지? ─

아주 잔인할 테야.

이아고	빗나간 건 아니지만

다 때를 맞추세요. 물러나시겠어요?　　　　　　95

(오셀로 물러난다.)

난 이제 카시오에게 비앙카 얘기를 물어야지.

그 계집은 자신의 욕망을 팔아서

먹을 빵과 입을 옷을 사는데 고것이

카시오에게 혹했다. ─ 많은 사람 속이고

하나에게 속는 것이 그 갈보의 저주니까.　　　　100

카시오는 그녀 얘길 들으면 넘치는 웃음을

참지 못할 것이다. 저기 그가 오는군.

카시오 등장.

그가 지을 미소에 오셀로는 미칠 테고

무식한 질투심을 품었으니 불쌍한 카시오의

미소와 몸짓과 경박한 행동을 완전히　　　　　105

오해할 수밖에 없다. 부관님, 기분이 어때요?

카시오	내 직위를 불러 주니 더욱 나빠지는군,

그게 없어 죽을 지경이니까.

이아고	데스데모나를 다그치면 확보하실 겁니다.

(낮은 목소리로)

	그런데 이 청이 비앙카의 능력에 달렸다면 110
	얼마나 빨리 성공하겠어요!
카시오	아, 딱한 천것!
오셀로	봐, 놈이 벌써 웃고 있어!
이아고	남자를 그토록 사랑하는 여자는 못 봤어요.
카시오	아, 딱한 잡것, 정말 날 사랑하는 것 같아.
오셀로	이젠 그걸 살짝 부인하면서 웃어 넘겨. 115
이아고	들었어요, 카시오?
오셀로	이젠 그가 그 얘기를
	해 달라고 조르네. 허 참, 잘했다, 잘했어.
이아고	당신이 자기와 결혼할 거라고 하는데
	그럴 작정이세요?
카시오	하, 하, 하! 120
오셀로	환희한단 말이지, 로마인아, 환희해?
카시오	내가 결혼해! 뭐, 고객이! 제발 내 판단력을
	자비롭게 봐 주게, 너무 부실하다고 생각하
	진 말게나. 하, 하, 하!
오셀로	그래, 그래, 이긴 자가 웃는다. 125
이아고	사실, 소문에는 결혼하실 거랍니다.
카시오	제발, 올바로 말하게!
이아고	아니라면 제가 정말 나쁜 놈입니다.
오셀로	네놈이 내 씨를 뿌렸어? 글쎄.
카시오	이건 고 원숭이가 스스로 퍼뜨린 말이야. 내 130
	가 자기와 결혼할 거라고 믿는데, 자기가 좋아

	하고 우쭐한 때문이지 내 약속 때문은 아냐.	
오셀로	이아고가 신호하네. 놈이 이제 그 얘길 시작해.	
카시오	고것이 방금도 여기 있었는데, 아무 데나 날	
	쫓아다녀. 그저께는 내가 해안에서 베네치아	135
	사람 몇 명과 얘기하고 있었는데 그곳으로	
	이 싸구려가 와 가지고 참말로 내 목을 이렇	
	게 붙잡고는 ─	
오셀로	외쳤겠지, 이를테면 '오, 사랑하는 카시오!'라	
	고. 몸짓에 그런 뜻이 담겼어.	140
카시오	이렇게 매달려 늘어지면서 울고 이렇게 끌면	
	서 당기잖아! 하, 하, 하!	
오셀로	이제 놈은 그녀가 자기를 어떻게 내 방으로	
	낚아챘는지 얘기한다. 오, 네놈 코는 보이지	
	만 그걸 던져 줄 개는 아직 안 보인다.	145
카시오	글쎄, 난 그녀와 관계를 끊어야겠어.	
이아고	어이쿠! 그녀가 어디 왔나 보세요!	

비앙카 등장.

카시오	이런 족제비는 다 마찬가지야. 허 참, 냄새가	
	나잖아. 뭔 생각으로 날 이렇게 쫓아다녀?	
비앙카	악마 연놈이나 당신을 쫓아다니라고 해! 방	150

148행 족제비 안 좋은 냄새와 색정으로 악명 높은 짐승. (아든)

금 내게 그 손수건을 준 건 무슨 뜻이었어?
그걸 받다니 난 완전 바보였어. ─ 그 무늬를
전부 베껴야 한다고! 그럴듯한 얘기지, 방에
서 발견했는데 누가 놓고 갔는지는 모른단
말이지! 이건 어떤 음탕한 년의 정표야. 그런   155
데 내가 그걸 베껴야 해? 자, 그 쌍년한테 돌
려줘. 누구한테서 받았건 난 아무 무늬도 안
베껴!

카시오　왜 그래, 고운 비앙카, 왜 그래, 왜 그래?

오셀로　맹세코, 저건 내 손수건이 틀림없어!   160

비앙카　오늘 밤에 저녁 먹으러 올 테면 오고, 안 그
러면 다음에 준비되거든 와.　　　　　(퇴장)

이아고　따라가요, 따라가.

카시오　실은 그래야겠어, 안 그럼 거리에서 악담할걸.

이아고　거기서 저녁 하실 겁니까?   165

카시오　실은 그럴 생각이야.

이아고　그럼, 볼 기회가 있겠네요, 아주 기꺼이 얘기
하고 싶으니까.

카시오　제발 와 주게, 그럴 텐가?

이아고　원 참, 말은 그만해요.　　　　(카시오 퇴장)   170

오셀로　놈을 어떻게 살해하지, 이아고?

이아고　그가 자기 악행을 듣고 어떻게 웃었는지 감
지하셨어요?

오셀로　오 이아고!

이아고	그리고 그 손수건도 보셨어요?	175
오셀로	내 거였어?	

이아고	예, 이 손에 맹세코요. 게다가 그가 당신 부인, 그 어리석은 여자를 평가하는 꼴이라니! 그녀는 그걸 그에게 줬고 그는 그걸 자기 창녀에게 줬죠.	180

오셀로 놈을 구 년에 걸쳐 죽였으면. 멋진 여자, 아름다운 여자, 감미로운 여자야!

이아고 아뇨, 그건 잊으셔야 합니다.

오셀로 맞아, 오늘 저녁에 썩어 없어지게, 지옥에 떨어지게 해야지, 살려 두지 않을 테니까. 암, 185
내 가슴은 돌이 됐어. 거길 치니까 내 손이 아프구나. 오, 이 세상에 더 감미로운 존재는 없어. 그녀는 황제 곁에 누워 그에게 임무를 부여할 수 있어.

이아고 아뇨, 그쪽 길은 아닙니다. 190

오셀로 목매단다, 난 다만 그녀가 어떤 사람인지 말할 뿐이야. 바느질 솜씨는 그만이고 감탄할 만한 음악가지. 오, 그녀의 노래라면 곰도 야수성을 잃을 거야! 고도의 머리와 풍부한 창의력을 가졌어! 195

이아고 그 모든 것 때문에 더욱더 나쁘지요.

오셀로 오, 천배나, 천배나 더 그렇지. 그런데 성품은 또 얼마나 온순한데.

이아고 예, 지나치게 온순하죠.

오셀로 그럼, 그건 분명해. 그렇지만 참 안됐어, 이아   200
고. ─ 오, 이아고, 참 안됐어, 이아고!

이아고 그녀의 사악한 행동이 그렇게도 마음에 드시
면 죄지을 면허를 주시죠, 당신만 안 아프면
다칠 사람 없을 테니까요.

오셀로 그녀를 산산조각 낼 테다! 나에게 오쟁이를   205
지웠어!

이아고 오, 더러운 짓입니다.

오셀로 내 부하 장교와!

이아고 그건 더욱더 더럽죠.

오셀로 독약 좀 갖다주게, 이아고, 오늘 밤에. 난 그   210
녀와 길게 얘기하진 않을 거야, 그녀의 몸과
미모에 다시 마음을 빼앗기면 안 되니까. 오
늘 밤이야, 이아고.

이아고 독약으로 하지 말고 침대에서 목을 조르시
죠. ─ 그녀가 오염시킨 바로 그 침대에서요.   215

오셀로 좋아, 좋아, 그 정당성이 마음에 들어. 아주
좋아!

이아고 그리고 카시오는 제가 처치하게 해 주시고.
자정쯤 더 알려 드리지요.

216행 좋아, 좋아 이 장면에서 되풀이되는 몇몇 단어들로 보건대 오셀로의
마음은 절반쯤 넋이 나간 상태에 있는 것 같다. (아든)

| 오셀로 | 아주 좋아. (안에서 나팔) 저건 무슨 나팔이지? | 220 |
| 이아고 | 장담컨대 베네치아 일입니다. | |

로도비코, 데스데모나 및 수행원들 등장.

	이 사람은 로도비코, 공작님이 보내셨죠.	
	보세요, 함께 온 부인도.	
로도비코	장군께 신의 가호 있기를.	
오셀로	진심으로 고맙소.	225
로도비코	베네치아 공작님과 의원들이 인사하오.	

(편지를 준다.)

| 오셀로 | 그분들의 뜻이 담긴 문서에 키스하오. | |

(편지를 열고 읽는다.)

데스데모나	무슨 소식인데요, 로도비고 사촌 오빠?	
이아고	어른을 뵙게 되어 대단히 기쁩니다.	
	키프로스에 잘 오셨습니다.	230
로도비코	고맙네. 카시오 부관은 어떠신가?	
이아고	살아 있답니다.	
데스데모나	오빠, 그와 남편 사이에 부자연스러운	
	틈새가 생겼지만 오빠가 다 잘되게 할 ─	
오셀로	그거 확실한가요?	235
데스데모나	주인님?	
오셀로	(읽는다.) '이 일을 어김없이 하시오, 그리할 테	
	지만 ─'	

로도비코	부르지 않으셨어. 서류 읽기 바쁘셔.
	장군님과 카시오 사이에 불화가 있다고? 240
데스데모나	아주 불행하게도요. 둘을 화해시키는 데
	진력하고 싶어요, 카시오에게 품은 사랑으로.
오셀로	저런 육시랄!
데스데모나	주인님?
오셀로	당신 제정신이오?
데스데모나	아니, 저이가 화났어요?
로도비코	편지 때문이겠지,
	내 생각에 그들은 그에겐 귀국을 명하고 245
	카시오를 총독으로 임명했으니까.
데스데모나	정말 기쁜 일이네요.
오셀로	진짜로!
데스데모나	주인님?
오셀로	난 기쁘오……. 당신이 미쳐서.
데스데모나	왜요, 오셀로 님?
오셀로	이 악마야! (그녀를 때린다.)
데스데모나	이런 대접 부당해요. 250
로도비코	장군님, 베네치아에서는 봤다고 맹세해도
	믿지 않을 일이오. 너무 지나쳤으니

249행 지시문 몇몇 배우들은 편지로 데스데모나를 때렸지만 282행을 보면
오셀로는 손으로 그녀를 때리는 것 같다. 편지의 내용이 그의 격정을 불러일
으켰을 수도 있지만 그 원인은 데스데모나의 순진한 말임이 분명하다. (아든)

	좀 달래 주시오, 울고 있소.	
오셀로	오 악마, 악마여!	
	대지가 여자들의 눈물로 잉태할 수 있다면	
	그녀의 눈물은 방울방울 악어가 될 것이오.	255
	썩 꺼져!	
데스데모나	남아서 성가시게 안 할래요.	
로도비코	진실로 순종하는 부인이군.	
	그녀를 다시 불러 주시길 간청하오.	
오셀로	마나님!	
데스데모나	주인님?	260
오셀로	그녀를 어찌하시렵니까?	
로도비코	제가요, 장군님?	
오셀로	그렇소. 돌아오게 해 달라고 했잖소.	
	보시오. 그녀는 돌고 또 돌다가 가다가	
	또다시 돌아서, 울 수도, 울 수도 있답니다.	
	그리고 순종해요, 말씀처럼 순종하죠.	265
	퍽이나 순종해요. ─ 당신은 계속 울어 보시지.	
	보시오, 이 건은 ─ 오, 감정 한번 잘 꾸민다! ─	
	난 귀국을 명받았소. ─ 당신은 저리 가.	
	곧 부를 테니까. ─ 전 지령에 복종하고	
	베네치아로 돌아가겠습니다. ─ 썩 없어져!	270

(데스데모나 퇴장)

	카시오가 제 자리에 앉을 거요. 저, 그리고
	오늘 저녁 식사를 함께하길 청합니다.

키프로스에 잘 오셨소. 염소와 원숭이들!

(퇴장)

로도비코 이 고결한 무어인을 우리의 원로원 전체가
전적으로 자격 있다 했는가? 저것이   275
격정에도 끄떡없는 성품이고? 우발 총격,
우연의 화살로도 그 단단한 덕성을 긁지도
뚫지도 못한다 했던가?

이아고   많이 변하셨습니다.

로도비코 정신은 온전한가? 머리가 돌진 않고?

이아고 있는 그대로지요. 그가 어찌 될지는   280
제가 판정 못 합니다. 어찌 된 게 아니라면
맹세코 예전과 같았으면!

로도비코   뭐! 아낼 때려?

이아고 예, 별로 좋진 않았지만 이번의 구타가
최악임을 알았으면!

로도비코   이게 그의 습관인가?
아니면 편지가 그분의 혈기를 자극하여   285
새롭게 생겨난 결함인가?

이아고   아, 슬프다!
이제껏 제가 보고 아는 것을 말하는 건
정직하지 못합니다. 관찰해 보시면
그분만의 행실이 드러날 것이고

273행 염소와 원숭이 정력이 세기로 유명한 동물들.

전 말을 아낄 수 있겠지요. 따라가서   290

어찌 계속하시는지 잘 보세요.

로도비코   그분을 잘못 알고 있어서 유감이네. (함께 퇴장)

4막 2장
오셀로와 에밀리아 등장.

오셀로   아무것도 못 봤단 말이지?

에밀리아   듣거나 의심한 것조차 없어요.

오셀로   있지, 봤잖아, 카시오와 그녀가…… 함께한 걸.

에밀리아   그렇지만 나쁜 짓 하는 건 못 봤고

둘 사이에 오간 말은 모조리 들었어요.   5

오셀로   뭐, 속삭인 적 없었어?

에밀리아   절대로요, 주인님.

오셀로   자네를 내보낸 적도 없고?

에밀리아   절대로요.

오셀로   부채, 장갑, 가면을 찾거나, 그냥도 안 내보내?

에밀리아   절대로요, 주인님.   10

오셀로   이상하군.

에밀리아   주인님, 마님의 정절을 감히 서약합니다,

제 영혼을 걸고서요. 달리 생각하신다면

4막 2장 장소 성채.

그런 생각 버리세요, 그 가슴을 속여요.
어떤 후레자식이 머릿속에 넣어 준 거라면   15
하늘은 그놈에게 뱀의 저주 내리소서.
왜냐하면 마님이 정숙, 순결, 진실치 않다면
행복한 남잔 없죠. 최고로 깨끗한 아내라도
험담처럼 더러워요.

오셀로   이리로 오라 하게. 가.

                              (에밀리아 퇴장)

말은 꽤 한다만 이 여자는 단순한 뚜쟁이로   20
중요한 건 말 못 해. 이쪽은 닳고 닳은 창녀야,
자물쇠와 열쇠 갖춘 사악한 비밀의 금고야.
그래도 무릎 꿇고 기도해, 난 그걸 봤다고.

                데스데모나와 에밀리아 등장.

데스데모나   여보, 왜 부르셨어요?

오셀로   꼬꼬댁, 이리 좀 와 봐요.

데스데모나   왜 그러시는데요?

오셀로   당신 눈 좀 봅시다.   25
날 똑바로 보시오.

데스데모나   이 무슨 끔찍한 망상이죠?

오셀로   (에밀리아에게) 아줌마는 맡겨진 일을 하게,
교접할 사람들은 놔두고 문을 닫아.
누가 오면 기침을 하거나 기척 내고.

네 직업, 직업에 충실해. 허, 서둘러!　　　30

(에밀리아 퇴장)

데스데모나　무릎 꿇고 빌건대 그게 무슨 뜻이에요?
당신 말씀 가운데 격노는 알겠으나
말씀은 몰라요.

오셀로　도대체 넌 누구냐?

데스데모나　당신 아내, 진실하고 충실한 당신의 아내요.　35

오셀로　자, 그것을 맹세하고 스스로 영벌받아,
네가 천사 같아서 악마들이 겁을 먹고
안 잡으면 안 되니까 순결을 맹세하고
이중으로 영벌받아.

데스데모나　　　　　　　하늘은 진실을 아세요.

오셀로　하늘은 진실로 아시지, 지옥 같은 네 배신을.　40

데스데모나　여부, 누구에게? 누구와? 어떻게 배신해요?

오셀로　오, 데스데모나, 저리! 저리! 저리 가!

데스데모나　아아, 슬픔에 찬 날이다. 왜 우세요?
이 눈물의 원인이 저예요, 주인님?
혹시나 당신을 소환하는 장본인이　45
아버지가 아닐까 의혹이 짙더라도
저를 원망 마세요. 당신이 그분을 잃었다면
저도 잃었잖아요.

30행 직업 뚜쟁이
39행 이중으로 첫째 간음과 둘째 위증으로. (아든)

138

오셀로	저 하늘이 뜻하여

고난으로 날 시험하려고 맨머리 위에다

갖가지 피부병과 치욕을 쏟아붓고　　　　　　　50

이 몸을 가난 속에 턱밑까지 빠뜨리며

나와 내 최고의 희망을 포로로 넘겼대도

난 내 영혼 어디선가 한 줌의 인내심을

찾아냈을 것이다. 하지만, 아, 나를

천천히 움직이는 시계 침이 가리키는　　　　　55

붙박이 숫자 같은 웃음거리 만들다니!

하지만 난 그것도 잘, 아주 잘 견디리라.

그렇지만 내 심장을 갈무리해 둔 곳,

거기서 살거나 삶을 지탱 못 하게 되는 곳,

생명수가 계속 흘러나오거나 아니면　　　　　60

마르게 되는 샘 — 거기서 쫓겨난다거나

그곳을 더러운 두꺼비들 뒤엉켜 알 까는

웅덩이로 지킨다면! 장밋빛 입술의

어린 천사 인내심아, 거기서 얼굴 돌려

그래, 여기서 지옥 같아 보여라!　　　　　　65

데스데모나　고귀한 당신은 제가 정숙하다고 여기시죠.

오셀로　오 그럼, 슬자마자 바로 까고 나오는

여름날 푸줏간 파리처럼. 오, 아플 만큼

곱고 아름다우며 단내 나는 잡초여,

48~54행 저…것이다　욥의 고난을 지칭한다. (아든 3판)

	넌 아예 태어나지 않았으면 좋았을걸!	70
데스데모나	아, 제가 무슨 죄악을 모르고 범했나요?	
오셀로	이 고운 종이를, 이 최고로 좋은 책을	
	'창녀'란 말 적으려고 만들었나? 허, 범했어!	
	간통을 범했다고? 오, 뭇사람의 노리개야!	
	나는 네 행위를 말하는 것만으로 나의 뺨을	75
	불타는 용광로로 바꾸어 예절을 깡그리	
	불태워 버려야만 할 것이다. 허, 범했어!	
	이 일은 하늘도 코를 막고 달님도 눈을 감고	
	만나는 모든 것에 입 맞추는 음탕한 바람도	
	지구의 깊은 동굴 속에서 숨죽이며	80
	들으려 하지 않을 것이다. 허, 범했어!	
	뻔뻔스러운 갈보야!	
데스데모나	맹세코, 잘못하십니다.	
오셀로	갈보가 아니라고?	
데스데모나	예, 저는 기독교인이니까요.	
	남편을 위하여 더럽고 추한 불법 접촉은	85
	무엇이든 피하며 이 몸을 지키는 게	
	갈보가 아니라면 전 그게 아니에요.	
오셀로	뭐, 창녀가 아니야?	

71행 범했어요 데스데모나가 불운하게 선택했고 오셀로가 격분하여 되풀이하는 단어 '범하다.'의 의미는 목적어 없이 '간통을 범하다.'라는 엘리자베스 시대의 용법에 달려 있다. (아든)

데스데모나	예, 구원받을 테니까요.
오셀로	이럴 수가?
데스데모나	오 하느님, 우릴 용서하소서!
오셀로	그렇담 죄송하오, 90

난 당신을 오셀로와 결혼한 베네치아의
영악한 창녀인 줄 알았소. 거기 자네! 시녀!

에밀리아 등장.

성자인 베드로와 정반대의 임무 띠고
지옥문을 지키는 너 ─ 너, 너, 그래, 너!
우린 한탕 뛰었어. 수고비를 줄 테니까   95
문을 좀 열어 주고 비밀은 지켜 줘.   (퇴장)

에밀리아	아, 저 어른이 무슨 상상 하셨을까?
	어떠세요, 마님? 어떠세요, 착한 아씨?
데스데모나	혼이 반쯤 나갔어.
에밀리아	착한 마님, 주인님께 무슨 일 있어요? 100
데스데모나	누구라고?
에밀리아	제 주인님 말이에요, 마님.
데스데모나	누가 네 주인인데?
에밀리아	마님의 주인님이지요.
데스데모나	난 주인 없단다. 나한테 얘기 마, 에밀리아.

물로써 전할 것밖에는 울 수도 없으며   105
대답할 말도 없어. 부탁인데 오늘 저녁

결혼 때 시트를 깔아 줘. 기억하고
자네 남편 불러 주게.

에밀리아	이건 진짜 변화야! (퇴장)
데스데모나	난 이런 취급을 받아 싸다, 아주 싸다.

내 행동이 어땠기에 나의 가장 큰 잘못에   110
가장 적은 악평조차 내리실 수 있을까?

이아고와 에밀리아 등장.

이아고   왜 부르셨어요, 마님? 기분이 어떠세요?
데스데모나   알 수 없네. 아기들을 가르치는 사람은
           부드러운 방식으로 쉬운 일을 시키지.
           그이도 그렇게 꾸중할 수 있었어, 사실 난   115
           꾸중을 모르는 아기니까.
이아고   뭔 일이죠, 마님?
에밀리아   아, 이아고, 주인님이 마님을 막 창녀라면서
           욕지거리해 대고 참된 사람이라면 도저히
           못 참을 악담과 독설을 퍼부었다니까.
데스데모나   그게 내 이름인가, 이아고?
에밀리아   뭔 이름요, 마님?   120
데스데모나   주인님이 나에게 썼다고 그녀가 말한 것.
에밀리아   마님을 창녀라 불렀어. 술 취한 거지라도
           자기 계집년에게 그런 말은 쓸 수 없어.
이아고   그가 왜 그러셨죠?

| 데스데모나 | 난 몰라, 난 분명 그런 여잔 아니야. | 125 |

| 이아고 | 울지 마요, 울지 마요. 이 일을 어쩌지! |

| 에밀리아 | 아씨께서 창녀 소리 들으려고 그렇게 |

수많은 귀족 댁 혼처와 아버지와 나라와

친구를 다 버렸어? 그런데도 안 울어?

| 데스데모나 | 비참한 내 운명이야. |

| 이아고 | 딱하신 양반이네, | 130 |

왜 그런 착각이 생겼죠?

| 데스데모나 | 도대체 알 수 없어. |

| 에밀리아 | 내 목을 매, 만약 어떤 극악한 악당 놈 |

쓸데없이 참견하고 비위나 맞추는 놈

속이고 사기 치는 새끼가 한자리 얻으려고

이 험담을 지어낸 게 아니라면 내 목을 매! 135

| 이아고 | 에이, 그런 자는 없다고, 그것은 불가능해. |

| 데스데모나 | 만약에 있다면 하늘은 용서해 주소서. |

| 에밀리아 | 목매달아 용서하고 지옥에서 썩어져라! |

마님을 왜 창녀라 해? 누가 함께했는데?

어느 장소, 어느 시간, 어떤 모습, 뭘 근거로? 140

무어인은 최고로 포악한 놈에게 속았어,

천하고 악명 높은 놈에게, 치사한 자식에게.

오 하느님, 그런 놈들 찾아내 주시고

정직한 모든 손에 채찍을 들린 다음

이 세상 끝에서 끝까지 그 불한당 놈들의 145

알몸을 치면서 가게 해 주소서!

이아고	소리 낮춰.
에밀리아	오, 나쁜 놈들! 그 비슷한 한량 놈이
	당신의 정신머리 까뒤집어 놓고선
	나와 이 무어인을 의심하게 만들었어.
이아고	바보 소리 그만해.
데스데모나	오, 하느님, 이아고,

내가 뭘 어떡해야 주인님을 다시 얻지?
이보게, 그이에게 가 봐 줘, 해님에 맹세코
어떻게 잃었는지 모르니까. 여기서 무릎 꿇고
만약에 사고 과정에서나 실제 행동에서나
내 의지로 그이 사랑 어긴 적이 있다면   155
내 눈이나 귀 또는 다른 어떤 감각이
다른 어떤 모습에서 즐거움을 취했다면
그리고 — 그이가 날 벌쳐 버리고 이혼하여
거지 신세 되더라도 — 그이를 극진히
아직도 전에도 앞으로도 사랑하지 않는다면   160
위안이여, 날 버려라! 무정은 큰 문제고
그이의 무정은 내 생명을 꺾을 수 있지만
내 사랑은 못 해친다. 창녀란 말 난 못 해.
지금 그 말 하고 나니 진저리가 다 나네.
이 세상 헛된 것들 다 뭉쳐 준대도   165
그런 이름 얻을 만한 행동은 안 할 거야.

이아고	제발 걱정 마세요, 그분의 기분일 뿐이니.
	나랏일 때문에 그분이 속상해서

마님과 다투시게 됐답니다.

데스데모나 다른 게 아니라면 —

이아고   그뿐임을 장담해요.   170

                                        (나팔 소리)

잘 들어 보십시오, 저녁 식사 나팔인데

베네치아의 사절들이 음식을 기다려요,

들어가요, 울지 말고, 다 잘될 겁니다.

                    (데스데모나와 에밀리아 퇴장)

                    로데리고 등장.

웬일이오, 로데리고?

로데리고 자넨 날 올바르게 대하는 것 같지 않아.   175

이아고   뭐가 잘못된 거죠?

로데리고 자넨 매일 뭔가 수를 써서 날 따돌리네, 이아

          고, 그리고 최소한의 희망을 주기는커녕 지

          금 내가 보기엔 기회를 다 쫓아 버리는 같아.

          난 정말 더 이상 참지 않을 테고 또한 이미   180

          바보처럼 당한 일들에 조용히 입 닥치고 있

          을 마음도 아직은 없어.

이아고   내 말 좀 들어 볼래요, 로데리고?

로데리고 실은 너무 많이 들었지. 그리고 자네 말과 실

          천은 형제간이 아냐.   185

이아고   당신의 문책은 참으로 부당합니다.

로데리고	진실일 뿐이지. 난 재산을 탕진해 버렸어. 자	
	네가 데스데모나에게 전해 주겠다고 내게서	
	가져간 보석들이면 수녀라 하더라도 반쯤은	
	타락시켰을 거야. 자넨 그녀가 그것들을 받	190
	았다고 했고 내게 즉각적인 관심과 보답을	
	뜻하는 기대와 격려를 보여 줄 거라고 했지	
	만 아무것도 없었어.	
이아고	좋아요, 뭐, 아주 좋아요.	
로데리고	'아주 좋아요.', '뭐'라고! 이봐, 난 뭣도 못 해	195
	보고 아주 좋지도 않아. 이 손에 맹세코 이	
	건 아주 야비하다고 생각해, 그래서 속았다	
	는 걸 깨닫기 시작했어.	
이아고	아주 좋아요.	
로데리고	아주 좋지 않다니까! 난 네스네보나한테 날	200
	알릴 거야. 그녀가 내 보석들을 돌려주면 난	
	구혼을 그만두고 이 불법 구애를 뉘우칠 테	
	지만, 안 그러면 자네에게 보상을 요구할 테	
	니 확실히 알아 둬.	
이아고	이제야 할 말 하셨군요.	205
로데리고	암, 실천할 의도를 단언한 것밖에는 말하지	
	않았어.	
이아고	아니, 이제야 자네에게 성미가 있다는 걸 알	
	았네, 그래서 바로 지금부터 자네를 그 어느	
	때보다도 더 낫게 평가할 작정이야. 우리 악	210

수하세, 로데리고. 자넨 내게 아주 정당한 반
론을 제기했어. — 그렇지만 항의하건대 난
자네 일을 아주 똑바로 처리했어.

로데리고 그렇게 보이지 않았는데.

이아고 진짜 그렇게 보이지 않았다고 인정해. 또한 215
자네의 의심에는 기지와 분별력이 없진 않
아. 하지만 로데리고, 만일 자네가 내면에 그
어느 때보다도 지금 가졌다고 내가 믿을 만
한 이유가 있는 걸 진짜로 가졌다면 — 즉 목
표와 용기와 무용 말인데 — 오늘 저녁에 그 220
걸 보여 주게. 만일 내일 저녁에 자네가 데스
데모나를 즐기지 못한다면 날 배신하여 이
세상에서 없애 버리고 내 생명을 앗아 갈 계
략을 꾸미게.

로데리고 글쎄 — 뭔가? 이치와 능력에 닿는 일인가? 225

이아고 보시게, 베네치아로부터 특명이 와서 오셀로
의 자리에 카시오를 임명했다네.

로데리고 사실인가? 아니 그럼 오셀로와 데스데모나
는 베네치아로 되돌아가잖아.

이아고 아니지, 그는 모리타니로 가고 아름다운 데 230

230행 모리타니 북아프리카 무어인들의 고향. 만약 이것이 거짓말이라면 이
아고가 얻는 바는 무엇일까? 모리타니에 있는 데스데모나는 로데리고의 손
이 닿지 못할 것이므로 그는 지금 행동해야만 한다. (아든)

스데모나를 데려가, 만일 무슨 사고로 이
곳 체재 기간이 연장되지 않는다면 말인
데 — 그리되는 데에는 카시오의 제거보다 더
결정적인 건 있을 수 없다네.

로데리고　　그게 무슨 뜻이야, 제거라니?　　　　　　　235

이아고　　　그야, 놈이 오셀로 자리에 못 앉게 만드는 거
지, 머리를 까부숴 가지고.

로데리고　　근데 그걸 내가 해 줬으면 한다고!

이아고　　　예, 만일 당신에게 득이 되면서 옳은 일을 감
행하겠다면. 그는 오늘 저녁 창녀 하나와 저　　240
녁을 먹을 거고 나도 그리로 갈 거요. 그는
아직도 자신의 드높은 행운을 모르고 있어
요. 당신이 그가 떠나는 걸 기다리고 있으
면 — 12시와 1시 사이가 뇌노록 해 줄 테니
까 — 당신 맘대로 처치할 수 있을 거요. 나　　245
도 근처에 있다가 당신의 습격을 거들 테고
그는 우리 둘 사이에서 쓰러질 겁니다. 자,
놀래서 서 있지만 말고 나와 함께 가요, 그의
죽음이 당신에게 얼마나 필수적인지 얘기해
주면 죽이지 않을 수 없다고 생각할 거요. 지　　250
금은 저녁이 한창일 땐데 밤은 헛되이 지나
가고 있어요. 시작해요.

로데리고　　그 이유를 좀 더 들어 봐야겠어.

이아고　　　그러면 만족할 겁니다.　　　　　　(함께 퇴장)

4막 3장

오셀로, 로도비코, 데스데모나, 에밀리아 및

수행원들 등장.

로도비코 장군님, 더 이상 신경 쓰지 마십시오.

오셀로 거 무슨 말씀을, 저한테는 걷는 게 좋지요.

로도비코 부인, 안녕히 계십시오. 정말 고맙습니다.

데스데모나 천만의 말씀을요.

오셀로   가시겠습니까?

오, 데스데모나 ―

데스데모나   주인님?

오셀로   잠자리로 가시오,   5

지금 즉시, 난 곧바로 돌아올 것이오.

시녀는 내보내요. 꼭 그렇게 하시오.

데스데모나 예, 주인님. (오셀로, 로도비코, 시종들 함께 퇴장)

에밀리아 이젠 무슨 일이죠? 전보다 부드러워 보이셔요.

데스데모나 지체 없이 곧바로 돌아온다 하셨어.   10

나더러 잠자리로 가라고 명하셨고

자네를 내보내라 하셨어.

에밀리아   저를 내보내요?

데스데모나 그이의 명이었어. 그러니까 에밀리아,

잠옷을 꺼내 주고 우리 서로 작별해.

4막 3장 장소 성채.

	지금 그일 불쾌하게 해 드려선 안 되지.	15
에밀리아	예. — 마님이 그분을 보지 않았더라면!	
데스데모나	난 아냐. 내 사랑은 그이를 너무나 찬양하여	
	거친 성품, 질책과 찡그린 얼굴조차 —	
	이 핀 좀 뽑아 줘 — 고상하고 매력 있어.	
에밀리아	말씀하신 시트를 침대에 깔았어요.	20
데스데모나	상관없어, 정말이야. 마음은 참 바보 같아!	
	내가 혹시 자네 앞서 죽거든 그 시트로	
	내 몸을 감싸 주게.	
에밀리아	에이, 그걸 말씀이라고.	
데스데모나	어머니에게는 바바리란 하녀가 있었는데	
	사랑에 빠졌고 사랑하던 남자가 미쳐서	25
	그녀를 버렸어. 그녀는 버들 노랠 알았지,	
	옛것이었지만 그녀의 운명을 나타냈고	
	부르면서 죽었어. 오늘 저녁 그 노래를	
	마음속에 품을 거야. 고개를 푹 숙이고	
	불쌍한 바바리처럼 노래하지 않으려면	30
	난 많이 노력해야 할 거야. 서두르게.	
에밀리아	마님의 실내복을 가지러 갈까요?	
데스데모나	아냐, 여기 핀 좀 뽑아 줘.	
에밀리아	이 로도비코란 분 잘생긴 남자예요. 아주 멋	
	진 분이셔요.	35
데스데모나	말씀을 잘하셔.	
에밀리아	제가 아는 베네치아 아가씨 하나는 이분의	

　　　　　아랫입술에 키스 한번 하려고 팔레스티나까

　　　　　지라도 맨발로 걸어갔을 거예요.

데스데모나　　　(노래한다.)

　　　　　　　딱한 처녀 한숨 쉬며 무화과 곁에 앉아　　40

　　　　　　　　애오라지 푸른 버들 노래했네.

　　　　　　　손은 가슴, 머리는 무릎에 올려놓고

　　　　　　　　버들아, 버들아, 노래했네.

　　　　　　　맑은 시내 흐르면서 그녀 신음 읊조리고

　　　　　　　　버들아, 버들아, 노래했네.　　　　　45

　　　　　　　짠 눈물 떨어져 바윗돌 녹여 주고

　　　　　　　　버들아, 버들아, 노래했네.

　　　　　(말한다.) 이것 좀 치워 주게.

　　　　　　　　버들아, 버들아 ―

　　　　　(말한다.) 이제 어서 가 보게. 곧 오실 거야.　　50

　　　　　　　내 화환은 애오라지 푸른 버들,

　　　　　　　　노래했네.

　　　　　　　아무도 그이 비난 마셔요, 멸시도

　　　　　　　　좋아요 ―

　　　　　(말한다.) 어, 이 가사가 아닌데. 쉿, 누가

40행 무화과　전통적으로 이 나무와 실연한 사람들은 연관성이 없다. (아든)

41행 버들　버드나무는 보답 없는 사랑 또는 실연으로 인한 슬픔의 상징이
다. (아든)

55행 가사가 아닌데 프로이트적인 말실수.(그녀는 무의식적으로 오셀로가 비
난받지 않도록 막으려는 것일까?) (아든)

두드리지?

에밀리아   바람이랍니다.

데스데모나   (노래한다.)

        애인을 배신자라 불렀더니 뭐라고

        했냐고요?   55

        버들아, 버들아, 노래했네.

        내가 여자 더 꾄다면 넌 남자랑

        더 잘 거야.

        (말한다.) 그러니 가 보게, 잘 자게. 내 눈이

        가렵네,

    이게 울 징조인가?

에밀리아   아무 관계 없어요.

데스데모나   있다고 들었어. 오, 남자들, 남자들!   60

    자기네 남편들을   말해 봐, 에밀리아 —

    그렇게 추잡한 방식으로 속이는 여자들이

    정말로 있다고 생각해?

에밀리아   그야 분명 있지요.

데스데모나   세상을 다 준다면 그런 짓을 할 텐가?

에밀리아   그럼, 안 하실 거예요?

데스데모나   음, 저 달님에 맹세코!   65

에밀리아   저도 않을 거예요, 저 달님에 맹세코,

    어둠 속에서라면 할지도 모르지만.

데스데모나   세상을 다 준다면 그런 짓을 할 텐가?

에밀리아   세상은 거대하고 작은 죄의 대가로는

매우 큰 상이지요.

데스데모나   정말 자넨 않을 거라 생각해.   70

에밀리아 정말로는 할 거라고 생각해요. 그리고 일을
끝낸 다음 취소해 버리죠. 참, 전 그런 일을
쌍가락지 때문에 하지는 않을 거고 비단 몇
필이나 저고리나 치마나 모자 또는 그 비슷
한 선물을 준대도 않을 거예요. 하지만 이 세   75
상 전부를요? 가여워라, 자기 남편을 왕으로
만드는 데 그에게 오쟁이를 지우지 않을 여
자가 어디 있어요? 저라면 그 때문에 연옥도
감히 갈 거예요.

데스데모나 내가 만일 이 세상 전부를 바라고   80
그런 비행 범한다면 못됐지!

에밀리아 글쎄요, 그런 비행도 이 세상 안의 비행일 뿐
이잖아요. 수고의 대가로 이 세상을 차지했
다면 그건 자기 세상 안의 비행이니까 재빨
리 바로잡을 수 있잖아요.   85

데스데모나 그런 유의 여자가 있다곤 생각 안 해.

에밀리아 있어요, 수십 명이, 게다가 그들이 놀고 얻은
이 세상을 채우고도 남을 만큼 많이요.
하지만 전 아내들의 타락은 남편들의
잘못이라 생각해요. 그들이 임무에 소홀하며   90
우리의 보물을 딴 여자 허벅지에 쏟는다든지
아니면 유치한 질투심을 터뜨리고

우릴 구속하거나 또는 우릴 때리거나

악심 품고 용돈을 줄이면, 원 참,

우리도 성깔이 있잖아요. 덕도 좀 있지만   95

복수심도 좀 있죠. 남편들은 아내들도

같은 감각 있는 줄 알아야죠. 남편처럼

보고 또 냄새 맡고 단것 신 것 다 맛보는

혓바닥을 가졌어요. 그들이 우리를

딴 여자와 바꿀 때 뭘 하죠? 재미 봐요?   100

그렇다고 생각해요. 그 시작은 애욕이고?

그런 거라 생각해요. 그런 실수, 약해서요?

그도 맞죠. 그럼 우린 애욕이 없나요?

놀고 싶은 욕망도? 남자처럼 약함도 없나요?

그러니 우리한테 잘해야죠. 안 그러면   105

우리 잘못, 그들에게 배웠단 걸 알아야죠.

데스데모나   잘 자게, 잘 자게. 신은 제게 내리소서,

악행 본떠 악행 않고 선행하는 습관을!

(함께 퇴장)

5막 1장
이아고와 로데리고 등장.

이아고   여기 이 가게 뒤에 서 있어, 그가 곧 올 거야.

그 멋진 단검을 뽑았다가 푹 찔러.

빨리, 빨리, 겁먹지 마, 내가 곁에 있을게.
우리의 흥망이 달렸다, 그렇게 생각하고
결심을 최고로 단단히 굳히라고.   5

로데리고   가까이 있어 줘, 실패할지 모르니까.

이아고   여기 곁에 있잖아, 용감하게 자릴 지켜.

(물러난다.)

로데리고   이 행위에 커다란 애착은 없지만
그가 내게 납득할 이유를 말해 줬다.
사람 하나 가는 거지. 칼 뽑으면 그는 죽어.   10

이아고   저 어린 뾰루지를 쓰릴 만큼 긁었더니
성을 낸다. 이제 그가 카시오를 죽이든지
카시오가 그를 또는 서로를 죽이든지
모두가 내 이득이다. 로데리고가 살게 되면
데스데모나에게 줄 선물이란 구실로   15
그를 속여 내가 뺏은 황금과 보석을
큼직이 변상하라 요구할 것이다.
그건 안 돼. 카시오가 살아남게 된다면
그의 삶이 보이는 일상적인 매력으로
내 꼴은 추해진다. 게다가 무어인은 그에게   20
날 폭로할지도 모른다. ─ 그건 아주 위험해.
암, 죽어야 해. 그래야지! 그가 오는 소리다.

5막 1장 장소 성채.

카시오 등장.

로데리고 걸음을 아는데, 그자다. 악당아, 죽어라!

(카시오를 찌른다.)

카시오 찌르는 걸 보니까 적임에 틀림없다.

하지만 내 조끼는 네가 아는 것보단 더 낫다.   25

네 것을 시험하자.

(칼을 뽑아 로데리고를 해친다.)

로데리고   오 나는 살해됐다!

(이아고가 뒤에서 카시오의 다리를 찌르고 퇴장한다.)

카시오 아, 난 평생 불구자다, 사람 살려! 살인이야!

오셀로 등장.

오셀로 카시오의 목소리다. 이아고가 약속을 지켰어.

로데리고 오, 난 정말 악당이다!

오셀로   그건 과연 그렇다.

카시오 오, 사람 살려! 햇불! 의사!   30

오셀로 놈이다. 오 멋진 이아고, 정직하고 공평하며

친구의 피해를 그토록 고귀하게 느끼다니!

자넨 날 가르쳤어. 못된 것, 네 애인은 죽었고

박복한 네 운명도 서둔다. 내가 간다, 갈보야.

───────────────

29행 그건…그렇다 오셀로는 로데리고의 한탄을 카시오의 자백으로 오해한다.

네 눈의 마력은 내 맘에서 지워졌고   35
욕망 물든 네 침대에 욕망의 피 튀길 거다.

(퇴장)

로도비코와 그라티아노 등장.

카시오   뭐, 보초도 통행인도 하나 없나? 살인이야!

그라티아노   뭔 사고야, 목소리가 아주 무시무시해.

카시오   오, 사람 살려!

로도비코   들어 봐요!   40

로데리고   오, 불운한 악당이여!

로도비코   두세 명이 신음해요. 캄캄한 밤이고
           이들이 가짜일지 모르니 별다른 도움 없이
           외친 데로 가는 건 위태롭다 봐야죠.

로데리고   아무도 안 오네. 그럼 난 피 흘리고 죽겠지.   45

이아고 횃불 들고 등장.

로도비코   들어 봐요!

그라티아노   누가 잠옷 바람에 횃불과 무기 들고 오는군.

이아고   게 누구요? 살인을 외치는 게 누구요?

로도비코   우리는 모르오.

이아고   외친 소리 못 들었소?

카시오   여기, 여기, 제발 살려 주시오!

이아고	거 무슨 일이오?	50
그라티아노	이건 내가 알기에 오셀로의 기수야.	
로도비코	맞습니다, 대단히 용맹한 친구지요.	
이아고	그렇게 비통하게 외치는 당신은 누구요?	
카시오	이아고! 오, 난 악당들 때문에 죽게 됐어.	
	날 좀 도와주게.	55
이아고	오 이런, 부관님이! 웬 놈들이 그랬어요?	
카시오	놈들 중 하나는 근처에 있는 것 같은데,	
	도망치진 못했어.	
이아고	오, 역적 같은 악당 놈들!	
	거긴 뭐요? 들어와서 도움 좀 주시오.	
로데리고	오, 여기 날 살려 줘요!	60
카시오	저게 그중 하나야.	
이아고	오, 흉악한 놈! 오 악당!	
	(로데리고를 찌른다.)	
로데리고	오, 괘씸한 이아고! 오, 냉혹한 개새끼!	
이아고	캄캄한데 사람 죽여? 잔인한 도둑놈들	
	어딨지?	
	마을은 왜 이리 조용해! 여기 살인, 살인이야!	
	당신들은 누구요? 좋고 나쁜 어느 편입니까?	65
로도비코	자네가 우리를 아는 대로 평가하게.	
이아고	로도비코 어르신?	

59행 들어와서 이아고는 카시오를 도우려고 가게(1행) 안에 들어와 있다. (아든)

로도비코	그렇다네.
이아고	죄송한데 악당들이 카시오를 해쳤어요.
그라티아노	카시오를!
이아고	좀 어때요, 형님?
카시오	다리가 두 동강 나 버렸어.
이아고	원, 하느님 맙소사!
	신사분들, 이 불 좀, 제 옷으로 싸매지요.

70

비앙카 등장.

비앙카	거 무슨 일이에요? 외친 게 누구예요?
이아고	외친 게 누구예요?
비앙카	오, 자기, 카시오,
	내 사랑 카시오! 오, 카시오, 카시오, 카시오!
이아고	오, 소문난 갈보다! 카시오, 당신을 이렇게
	난도질해 놓은 게 누군지 짐작해요?
카시오	모르겠네.
그라티아노	이런 꼴 보게 돼서 안됐소.
	당신을 찾고 있던 참이었소.
이아고	붕대 좀 빌려 줘요. 자. ― 그를 쉽게 데려갈
	들것이 있으면 좋으련만!
비앙카	아, 기절했어! 오, 카시오, 카시오, 카시오!
이아고	모든 신사 여러분, 저는 이 쓰레기가
	이 부상과 관련 있단 의심이 확 듭니다.

75

80

85

잠시만 참으세요, 카시오. 어디, 어디,

불 좀 줘요. 이게 아는 얼굴인가, 아닌가?

아, 친구이자 사랑하는 동포인 로데리고?

아닌가? — 분명 맞아, 오 하느님, 로데리고!　　90

그라티아노　뭐, 베네치아인?

이아고　　　　　　　　맞습니다, 아시는지?

그라티아노　아느냐고? 그렇다.

이아고　　　그라티아노 어르신? 제발 용서하십시오.

유혈 사건 때문에 어른을 몰라보는

무례를 저질렀습니다.

그라티아노　　　　　　　만나서 반갑네.　　95

이아고　　　괜찮아요, 카시오? 오, 들것을 가져와라!

그라티아노　로데리고?

이아고　　　그, 그, 그입니다.　　　(들것이 들어온다.)

오, 거 잘했어, 들것이군.

몇 사람이 조심해서 그를 실어 나가라,

난 장군님 의사를 데려오마. (비앙카에게)

언니는　　100

애쓰지 않아도 돼. — 카시오, 살해된 이 사람은

절친한 제 친군데 둘 사이에 악의라도?

카시오　　　전혀 없어, 알지도 못하는 사람인데.

이아고　　　(비앙카에게)

뭐야, 창백해? — 오, 그에게 찬바람 쐬지 마.

— 기다려요, 신사분들. 창백해, 언니야?　　105

— 두 분은 공포에 찬 이 여자 눈 보셨어요?

— 암, 네가 응시한다면 우린 곧 더 듣겠지.

— 그녀를 잘 보세요, 쳐다보시라고요.

보입니까, 신사분들? 예, 혓바닥이 굳어도

죄의식은 탄로 날 겁니다.

에밀리아 등장.

에밀리아	아유, 뭔 일이야?	110

여보, 무슨 일이 있었어?

이아고   카시오가 여기 어둠 속에서 습격을 당했어,

로데리고와 함께 튄 녀석들이 그랬어,

살해당할 뻔했고 로데리곤 죽었어.

에밀리아   아, 훌륭한 신사분이! 아, 훌륭한 카시오!   115

이아고   창녀와 논 결과야. 에밀리아, 넌 가서

카시오가 어디서 저녁을 먹었는지 알아봐.

뭐야, 그 말에 몸을 떨어?

비앙카   내 집에서 먹었지만 그래서 떨진 않아.

이아고   오, 그랬어? 명령인데, 같이 가.   120

에밀리아   오, 더러운 것, 갈보야!

비앙카   난 갈보 아니고

107행 네가…듣겠지 응시는 죄책감의 표시이고 그래서 우리는 네가 죄를 고
백하는 걸(그리하게 만들 테니까) 곧 듣게 될 것이다. (아든)

정숙하게 살고 있어, 그렇게 날 욕하는
당신만큼.

에밀리아 나만큼? 흥, 더러운 것 같으니!

이아고 신사분들, 불쌍한 카시오의 치료실로 가시죠.
자 언니, 우리한텐 이실직고해야지.   125
에밀리아, 당신은 요새로 뛰어가서
장군님과 부인께 벌어진 일 말씀 드려.
— 가시겠습니까? — 흥하느냐 망하느냐,
오늘 밤에 확실히 판가름 날 것이다.

(함께 퇴장)

5막 2장

오셀로 촛불 들고 등장.

오셀로 이건 이유 있단다, 이유가 있단다, 내 영혼아,
저 순결한 별들에게 밝히진 않겠지만
이건 이유 있단다. 그래도 난 피를 흘리거나
눈보다 더 희고 설화 석고 묘상처럼
매끄러운 그 살결에 흠을 내진 않으리라.   5
그래도 죽어야 해, 많은 남자 속일 테니.
불을 *끄자* 그리고 그다음 불을 *끄자*!

5막 2장 장소 성채.

타오르는 불꽃아, 내가 너를 꺼 버려도

그 일을 뉘우치면 너의 그 옛 빛을

되살릴 수 있단다. 하지만 빼어난 조물주의   10

절묘한 걸작인 네 빛을 한번 끄면

그 빛을 다시 살릴 프로메테우스의 열기가

어딨을지 모르겠다. 이 장미를 꺾으면

성장의 활력을 다시 주진 못할 테니

시들 수밖에 없다. 나무에서 냄새 맡자.   15

오, 향기로운 숨결이여, 정의의 여신조차

설득당해 칼을 꺾을 만하구나. 다시, 다시.

죽어서도 이렇다면 난 너를 죽인 다음

사랑할 것이다. 또다시, 이게 마지막이다.

> (냄새 맡고 키스한다.)

이런 맹독 향기는 없었어. 난 울어야 하지만   20

내 눈물은 잔인하다. 이 슬픔은 천벌로서

사랑과 아픔을 함께 주네. 깨는구나.

데스데모나   누구예요? 오셀로?

오셀로   그렇소, 데스데모나.

12행 프로메테우스 셰익스피어는 프로메테우스에 관한 다른 두 신화를 합성한 것 같은데, 하나는 그가 인류에게 불을 주었다는 것이고 다른 하나는 그가 인류의 창조자란 것이다. (아든)

16~17행 정의의…칼 칼과 저울은 정의의 여신의 상징물이었다. (아든)

21~22행 이…주네 잠언 3장 12절('여호와께서 그 사랑하시는 자를 징계하시기를…….') 참조.

데스데모나	침대로 오시겠어요, 주인님?
오셀로	오늘 저녁 기도했소, 데스데몬?
데스데모나	예, 주인님. 25
오셀로	하늘의 자비를 구하지 못한 죄가
	남아 있다 생각거든 곧바로 기도하여
	용서를 구하시오.
데스데모나	아, 주인님, 무슨 말을 하시려는 거예요?
오셀로	글쎄, 해, 짤막하게, 난 옆에서 걸을 테니. 30
	준비 안 된 네 영혼을 죽이고 싶진 않아.
	당치 않지, 네 혼을 죽이고 싶진 않아.
데스데모나	죽인단 말이에요?
오셀로	그렇다.
데스데모나	그렇다면 하늘은
	자비를 베푸소서!
오셀로	전적으로 동감이야!
데스데모나	그런 말씀 하시면서 죽이진 않겠지요. 35
오셀로	흠!
데스데모나	그래도 겁나요, 당신이 두 눈을 굴릴 때면
	살기가 도니까요. 겁내야 할 이유는 몰라요,
	죄의식을 모르니까. 그렇지만 겁이 나요.
오셀로	네 죄를 생각해 봐.
데스데모나	당신을 사랑한 것이죠. 40
오셀로	맞아, 그 때문에 죽는 거야.
데스데모나	사랑을 핑계 삼아 죽이는 건 이상해요.

아, 왜 그렇게 아래쪽 입술을 깨무세요?
잔인한 격정이 당신의 온몸을 뒤흔들고
이게 그 전조예요. 하지만 저에게 닥치진   45
않았으면, 않았으면.

오셀로   조용히 해, 꼼짝 말고.

데스데모나   그럴게요. 자, 근데 뭐가 문제예요?

오셀로   넌 내가
그렇게 아끼다가 네게 준 손수건을
카시오에게 줬어.

데스데모나   목숨과 영혼 걸고 아녜요,
불러와서 물어봐요.

오셀로   귀여운 것, 조심해,   50
위증을 조심해. 넌 죽기 직전이야.

데스데모나   제가요? ─ 하지만 아직은 아녜요!

오셀로   맞아, 곧.
그러니까 네 죄를 솔직히 고백해,
그것을 조목조목 맹세하고 부인해도
괴롭게 신음하는 강한 내 신념을 없애거나   55
멎게 할 순 없을 테니. 넌 죽게 돼 있다.

데스데모나   그렇다면 주님은 자비를 베푸소서!

오셀로   아멘.

데스데모나   당신께도 자비를. 저는 평생 당신께
죄지은 적 없고 카시오를 절대 사랑 않았고
하늘의 일반적 보증 받아 제가 해도 괜찮은   60

	사랑만 했어요. 정표 준 일 절대로 없어요.	
오셀로	맹세코, 그자의 손에서 손수건을 보았어!	
	오 위증한 여인아, 넌 돌 같은 심장으로	
	내 의도를 살인이라 부르게 하는구나,	
	난 그걸 희생이라 생각하고 있었는데.	65
	손수건을 보았어.	
데스데모나	그럼 그가 주은 거지	
	저는 절대 안 줬어요. 이리로 불러와서	
	진실을 고백하라 그래요.	

오셀로 　　　　　　　　그자가 고백했어.

데스데모나 무엇을요?

오셀로 　　　　그가 널 — 죽일 놈! — 가졌다고.

데스데모나 어떻게요? 불법으로?

오셀로 　　　　　　그래.

데스데모나 　　　　　그런 말 못 할걸요. 70

오셀로 못 하지. 그 입을 막았어. 정직한 이아고가
조치를 취했어.

데스데모나 　　　　오, 내 해석이 무섭구나!
뭐, 죽었어요?

오셀로 　　　　　그 목숨이 머리털 숫자라도
나의 큰 복수심은 다 먹어 치웠을 것이다.

데스데모나 아, 그는 배신, 난 파멸을 당했구나. 75

오셀로 헉, 갈보야, 내 앞에서 그놈 땜에 울음을?

데스데모나 오, 주인님, 절 내쫓되 죽이진 마세요!

166

오셀로	누워라, 갈보야!
데스데모나	아침에 죽이세요. 오늘 밤엔 살려 줘요.
오셀로	아니, 버둥대면 ―

80

데스데모나	반 시간만!
오셀로	도중에 멈추진 못한다. ―
데스데모나	기도 한 번 할 틈만!
오셀로	이미 너무 늦었다.
데스데모나	오, 주님! 주님! 주님!

(그가 그녀의 목을 조른다.)

에밀리아	(안에서)
	주인님, 주인님! 이보세요, 주인님! 주인님!
오셀로	뭔 소리지? 안 죽었나? 완전히 안 죽었어?

85

	내 비록 잔인해도 자비로운 사람이다.
	고통 속에 머물러 있진 않게 하겠다.
	자, 자.
에밀리아	(안에서) 이보세요! 주인님! 주인님!
오셀로	게 누구냐?
에밀리아	(안에서) 오, 주인님, 당신께 드릴 말씀 있어요.

90

오셀로	맞아. 에밀리아다. ―
	(에밀리아에게) 곧 가마. ― 이 여잔 죽었어.
	저 여잔 카시오의 죽음을 전하러 온 것 같다,
	큰 소리가 났었지. 하, 더 이상 안 움직여?
	무덤처럼 조용하다. 들라 해? 괜찮을까?
	다시 움직이나 봐. 아냐. ― 무엇이 최선일까?

95

들어오면 분명코 내 아내에게 말 걸 거다.
내 아내, 내 아내! 웬 아내? 아내가 없는데.
오, 견딜 수 없구나, 오 가혹한 시간이여!
거대한 일식과 월식이 지금 당장 일어나
그 변화에 크게 놀란 지구가 입을 딱   100
벌려야 할 것만 같구나.

에밀리아   (안에서) 정말로 간청컨대
당신과 얘기하게 해 주세요! 오, 주인님!

오셀로   자넬 깜박했구나. 오, 들어와, 에밀리아.
잠깐만, 곧 가마. 커튼을 쳐 놓자.
어딨느냐? 자네가 지금 웬일인가? (문을 딴다.)   105

에밀리아 등장.

에밀리아   오, 주인님, 저쪽에 더러운 살인이 났어요!

오셀로   뭐? 지금?

에밀리아   방금요, 주인님.

오셀로   그건 바로 달의 이탈 때문이야.
보통 때보다도 지구에 더 가깝게 내려와   110
사람들이 미쳤어.

에밀리아   주인님, 카시오가
로데리고라는 베네치아 젊은이를 죽였어요.

오셀로   로데리고가 죽어? 카시오도 죽었고?

에밀리아   아뇨, 카시오는 안 죽고요.

오셀로	안 죽어, 카시오가?
	그러면 살인은 화음 잃고 감미로운 복수는　115
	거칠게 변했군.
데스데모나	오, 잘못, 잘못, 살해됐다!
에밀리아	어, 저게 무슨 소리죠?
오셀로	저거? 뭐?
에밀리아	아이고머니나! 저건 마님 목소리야.

(침대 커튼을 젖힌다.)

살려 줘요, 살려 줘! 오, 마님, 또 말해요,　120
착한 데스데모나, 오, 착한 마님, 말해요!

데스데모나	난 죄도 없는데 죽는다.
에밀리아	오, 이런 짓을
	누가 했죠?
데스데모나	아무도 안 했어. 내가 했어. 안녕.
	친절한 주인님께 안부나 전해 줘. ─ 오, 안녕!

(죽는다.)

오셀로	아니, 그녀가 어떻게 살해됐지?
에밀리아	아, 누가 알죠?　125
오셀로	내가 한 건 아니란 자백을 들었잖아.
에밀리아	그랬지요. 전 진실을 보고해야겠어요.
오셀로	불타는 지옥에 간 거짓말쟁이 같으니.
	죽인 건 바로 나야.
에밀리아	오, 그녀는 더욱더 천사 같고
	당신은 더욱더 시커먼 악마예요!　130

오셀로	그녀는 음란에 빠졌고 창녀였어.
에밀리아	넌 그녀를 헐뜯는다, 그리고 넌 악마다.
오셀로	그녀는 물처럼 지조가 없었어.
에밀리아	그런 말 하는 넌

불처럼 급하다. 오, 그녀는 하늘처럼 정숙했다!

오셀로　카시오가 올라탔어. 남편에게 물어봐, 아닌지.　135
　　　　오, 정당한 근거 없이 내가 만일 이러한
　　　　극형까지 갔다면 지옥 심연 맨 밑에서
　　　　저주를 받으리라. 네 남편은 다 알고 있었다.

에밀리아　내 남편이?

오셀로　　　　　네 남편이.

에밀리아　　　　　　　그녀가 배신했고?

혼약을 깼다고요?　　　　　　　　　　　　　140

오셀로　그래, 카시오와. 그녀가 정숙했더라면
　　　　하늘이 나에게 또 하나의 세상을
　　　　순수하고 완벽한 황옥으로 빚어 줘도
　　　　그녀를 팔지는 않았을 것이다.

에밀리아　　　　　　　　　　내 남편이?

오셀로　그래, 그가 처음 그녀에 대해서 말해 줬어.　145
　　　　사람이 정직해서 추잡한 행위에 들러붙는
　　　　진흙을 미워하지.

에밀리아　　　　　내 남편이!

오셀로　　　　　　　　뭣 때문에
　　　　이렇게 반복해, 이 여자야? 네 남편이라고.

에밀리아	오, 마님, 악행이 사랑을 막 조롱했어요!
	내 남편이 그녀가 배신했다고 해?
오셀로	그래, 여자야, 150
	네 남편이라고. 뭔 말인지 알아들어?
	내 친구, 네 남편, 정직하고 정직한 이아고.
에밀리아	만일에 그랬다면 그 사악한 영혼은
	하루에 반 톨씩 썩어져라! 새빨간 거짓말.
	그녀는 이 추잡한 혼약을 너무 좋아하셨어. 155
오셀로	하!
에밀리아	맘대로 해,
	너의 이 행위는 네가 그녀 값을 못 하듯
	하늘 값을 못 한다.
오셀로	닥치는 게 좋을걸!
에밀리아	네가 나를 해칠 힘은 내가 견딜 아픔의 160
	절반도 못 된다. 오, 얼간이, 오, 멍청이,
	흙처럼 무식해! 네가 한 이 행위는
	(그가 칼로 그녀를 위협한다.)
	─네 칼 따윈 겁 안 나, 스무 번 죽더라도
	네 정체를 알리겠다. 살려 줘요, 살려 줘!
	무어인이 마님을 죽였어요, 살인, 살인이야! 165

몬타노, 그라티아노, 이아고 및

다른 사람들 등장.

몬타노	이 무슨 일이냐? 장군께선 어떻게?
에밀리아	오, 이아고, 당신 왔어? 잘하고 다녔어, 남들의 살인을 덮어쓰게 됐으니까.
모두	이게 무슨 일인가?
에밀리아	당신이 남자라면 이 악당의 거짓을 밝혀 줘. 170 제 아내의 배신을 당신이 말해 줬다는데 안 그런 줄로 알아, 당신은 그런 악당 아니야. 말해 봐, 내 가슴은 꽉 찼어.
이아고	내 생각을 말해 줬고 그 자신이 알기에도 있을 법한 사실 그 이상은 말 안 했어. 175
에밀리아	하지만 마님이 배신했다 말한 적은?
이아고	있었지.
에밀리아	거짓을 말했어, 역겹고 저주받을 거짓을! 영혼 걸고, 거짓말, 사악한 거짓말이에요! 그녀가 카시오와 배신을? 카시오라고 했어? 180
이아고	카시오와, 아줌마야. 이봐, 입 다물어.
에밀리아	다물지 않을래, 말을 할 수밖에 없어. 마님이 침대에서 살해된 채 누웠어요.
모두	오, 하느님 맙소사!
에밀리아	그리고 이 살인은 당신 말이 부추겼어. 185
오셀로	여러분, 노려보지 마시오, 진짜로 사실이오.
그라티아노	이상한 사실이군.
몬타노	오, 흉악한 행동이다!
에밀리아	악행, 악행, 악행이다!

생각해 보니까 냄새 난다. 오, 악행이다!　　　190
그때도 그렇게 생각했다. 슬퍼서 죽겠다!
오 악행, 악행이다!

이아고　뭐야 당신 미쳤어? 집으로 가, 명령이야.

에밀리아　신사분들, 말할 수 있도록 해 주세요.
복종해야 맞아요. — 하지만 지금은 아니에요.　195
아마도, 이아고, 난 영영 집에 못 가.

오셀로　오! 오! 오!　　　　　　(침대에 넘어진다.)

에밀리아　그래, 엎어져 울부짖어.
여태껏 눈을 든 중 가장 곱고 순결한 여인을
네가 죽였으니까.

오셀로　　　　　　　오, 그녀는 더러웠다.　200
못 알아봤습니다, 처삼촌. 질녀는 저기 있고
이 손으로 방금 숨을 끊은 게 사실이며
이 행동이 끔찍하고 무섭게 보일 줄 압니다.

그라티아노　딱한 데스데모나, 네 아비가 죽어서 기쁘다.
그에게 네 혼인은 치명적인 일이었고　205
순전한 슬픔으로 늙은 명줄 끊어졌어.
그가 지금 살아서 이 광경을 본다면
절망적인 행동으로 내몰리게 될 것이고
그렇지, 선한 천사 저주하고 멀리하여
신의 버림 받을 거다.　　　　　　　210

오셀로　그건 애석하지만 이아고가 알기로
그녀는 카시오와 수치스러운 행위를

	수천 번 범했어요. 카시오가 고백했고	
	그녀는 제 사랑의 표시이자 약속으로	
	처음 준 물건을 가지고 그의 호색 행위에	215
	보답했답니다. 그의 손에 있는 걸 봤는데	
	손수건이랍니다. 그것은 오래된 정표로	
	아버지가 어머니께 드렸지요.	
에밀리아	오 하느님, 오 하느님!	
이아고	젠장, 입 다물어.	
에밀리아	밝혀진다, 밝혀진다! 입 다물어?	220
	아니 난 북풍처럼 자유롭게 말할 거야.	
	하늘과 인간과 악마들 모두가, 모두가	
	다 내게 창피를 주더라도 말할 거야.	
이아고	정신 차려, 그리고 집으로 가.	
에밀리아	안 갈 거야.	

(이아고가 에밀리아를 찌르려고 한다.)

그라티아노	허! 여자에게 칼을 들어?	225
에밀리아	오, 어리석은 무어인아, 네가 말한 손수건은	
	우연히 내가 주워 남편에게 건네줬어,	
	왜냐하면 여러 번, 엄숙하고 진지하게	
	― 사실은 그 하찮은 물건에 걸맞잖게 ―	
	훔쳐 달라 졸라 댔으니까.	
이아고	치사한 창녀야!	230
에밀리아	마님이 카시오에게 줘? 아, 아냐, 내가 주워	
	남편에게 넘겨줬어.	

이아고	이 쌍년, 거짓말 마!
에밀리아	하늘 걸고 아니에요, 아니에요, 여러분.
	오, 이 살인한 멍청이야, 너 같은 바보에게
	그 좋은 아내가 웬일이야?

(오셀로가 이아고에게 달려든다.

이아고는 에밀리아를 찌른다.)

오셀로	저 하늘에 벼락 말곤 235
	천둥 칠 게 없습니까? 지독한 악당 놈!
그라티아노	여자가 쓰러졌다. 분명코 자기 아낼 죽였어.
에밀리아	예, 예. 오, 마님 곁에 저를 뉘어 주세요.

(이아고 퇴장)

그라티아노	놈은 도망쳤는데 그 아내는 살해됐어.
몬타노	분명한 악당이오. 이 무기를 받으시오, 240
	제가 여기 무어인에게서 회수했답니다.
	자, 문밖에서 경계하고 그를 죽이더라도
	못 나가게 막아요. 저는 저 악당을 뒤쫓겠소,
	가증스러운 놈이니까.

(몬타노와 그라티아노 퇴장)

오셀로	난 용감하지도 못하고
	온갖 작은 송사리가 내 칼을 가져가네. 245
	하지만 정직성 없는 명망, 왜 지키지?
	다 버리자.
에밀리아	마님의 노래가 무슨 전조였지요?
	쉿, 제 목소리 들려요? 이 몸은 백조 되어

노래하며 죽을래요. (노래한다.) 버들아, 버들아.
—무어인아, 그녀는 깨끗했고 너를 사랑했단다,   250
이 잔인한 무어인아. 그래서
진실을 말하니까 내 영혼은 복받으리!
그래서 생각대로 말하면서, 아, 난 죽는다.

(죽는다.)

오셀로   이 방에 무기가 또 하나 있는데
          얼음물로 담금질한 스페인제 검이지.   255
          오 여깄다. 처삼촌, 전 나가야 합니다.
그라티아노 (안에서) 그렇게 한다면 대가가 클 것이네.
          무기가 없으니까 별수 없이 참아야지.
오셀로   그럼, 저를 좀 보신 다음 저와 얘기하십시오,
          안 그러면 맨몸이라 할지라도 공격할 것이오.   260

그라티아노 등장.

그라티아노 왜 그러나?
오셀로   보십시오, 무기가 있습니다.
          군인의 허벅지에 이보다 더 나은 게
          오른 적은 없었지요. 이 작은 팔뚝과
          이 멋진 검으로 당신이 막고 있는 것보다
          스무 배나 두꺼운 장애물을 뚫고 나간   265
          그런 날도 있었지요. 하지만, 오, 헛된 자랑,
          자기 운명 누가 다스립니까? 지금은 못 하죠.

제가 무길 지녔다고 두려워 마십시오.
여기가 제 여정의 끝이고 목표이며
가장 먼 항해의 바로 그 표적이랍니다.   270
움츠리며 물러서요? 근거 없는 공포지요.
오셀로의 가슴을 갈대로 찔러 봐요,
그는 물러납니다. 오셀로는 어디로 가야죠?
그런데 지금 그대 모습은? 오, 불운한 아기씨,
속옷처럼 창백하네. 이런 모습 때문에   275
최후의 심판 날에 우리 둘이 만난다면
내 영혼은 천국에서 곤두박질칠 것이고
악마들이 낚아챌 것이다. 그대 정절만큼이나
차디찬 내 임아. 오, 저주, 저주받은 노예야!
악마들아, 채찍질로 날 쫓아라,   280
이 거룩한 모습을 간직하지 못하도록!
바람 속에 팽개치고 유황불에 태우며
불타는 심연 속에 깊이깊이 처넣어라!
오, 데스데몬! 죽었다, 데스데몬. 죽었어! 오, 오!

로도비코, 몬타노, 죄수 이아고와 장교들 및
들것에 앉은 카시오 등장.

로도비코　　성급하고 지극히 불행한 이 사람은 어딨소?　285
오셀로　　　그것은 옛적의 오셀론데? 난 여깄소.
로도비코　　그 독사는 어딨느냐? 악당을 대령하라.

오셀로　놈의 발을 쳐다봤자 미신일 뿐이고
　　　　네놈이 악마라면 죽일 수도 없겠지.

　　　　　　　　　　　　　　(이아고를 해친다.)

로도비코　그의 칼을 빼앗아라.

이아고　　　　　　　　　　　피만 나고 안 죽었소.　　290

오셀로　애석하진 않구나, 살려 놓고 싶으니까.
　　　　지금 내 심정으론 죽는 건 행복이야.

로도비코　오, 한때는 그렇게도 훌륭했던 오셀로가
　　　　저주받은 천한 놈의 간계에 빠지다니,
　　　　당신을 뭐라고 말할까요?

오셀로　　　　　　　　　　　뭐 아무렇게나,　　295
　　　　괜찮다면 명예로운 살인자라 하지요,
　　　　미움 아닌 명예를 위하여 모든 걸 했으니까.

로도비코　이 집놈이 악행의 일부를 고백했소.
　　　　놈과 함께 카시오를 죽이는 데 동의했소?

오셀로　그렇소.　　　　　　　　　　　　300

카시오　장군님, 저는 절대 원인 제공 않았어요.

오셀로　그 말을 믿으니까 용서해 주게나.
　　　　제발 저 반쯤 악마인 인간에게 물어봐 주겠소,
　　　　왜 그렇게 내 영육을 덫에 몰아넣었는지?

이아고　요구하지 마시오. 당신이 아는 건 알 테니까.　　305

288행 놈의…쳐다봤자　악마는 발굽이 갈라진 발을 가졌다는 미신을 근거로
하는 말.

나는 이 시각부터 한마디도 않을 거요.

로도비코 뭐, 기도도 않는다고?

그라티아노   고문하면 입 열겠지.

오셀로 흠, 잘 놀고 있구나.

로도비코 제 생각엔 그동안 무슨 일이 있었는지
장군이 모르니 알리지요. 여기 이 편지는   310
살해당한 로데리고 주머니에서 나왔고
여기에 또 한 통이 있는데 그중 한 곳에
카시오의 죽음이 적혀 있소, 처치할 사람은
로데리고이고.

오셀로 오, 악당!

카시오   가장 야만스럽고 가장 기괴하구나!   315

로도비코 불만에 찬 편지가 여기에 또 있는데
이 역시 로데리고 주머니에서 나왔고
저주받은 이놈에게 보낼 생각이었는데
아마도 이아고가 때마침 들어와
납득시킨 것 같소.   320

오셀로 오, 저 사악한 불한당!
카시오, 자네는 내 아내의 손수건을
어떻게 가지게 되었나?

카시오   제 방에서 주웠지요.
바로 지금 이놈이 실토를 했는데
특별한 목적으로 그걸 거기 떨구었고   325
소원대로 됐답니다.

오셀로	오, 바보, 바보, 바보다!
카시오	그 밖에도 로데리고는 자신의 편지에서
	경계 중인 저에게 대들게 한 일로
	이아고를 호되게 꾸짖는데 그 건으로
	전 쫓겨났지요. 또한 죽은 것처럼 보인 지 330
	한참 뒤인 바로 지금 아아고가 자기를
	해쳤고 부추겼다 말했어요.
로도비코	이 방을 나서서 함께 가야 되겠소.
	당신의 권한과 명령권을 박탈하고
	카시오가 키프로스를 통치하오. 이놈에겐 335
	고문은 심하나 오랫동안 살려 놓을
	교묘하고 잔인한 방법이 있다면
	쓰게 할 것이오. 당신은 베네치아 정부가
	이 괴오의 실상을 알이넬 때끼지
	엄중히 가둬 둘 것이오. 자 그를 데려가라. 340
오셀로	잠깐만, 당신들이 가기 전에 한두 마디.
	난 정부에 공헌이 좀 있고 그들도 아는 바요.
	그 일은 그만두고. 부탁인데 당신이
	이 불행한 행위들을 편지로 보고할 때
	나를 있는 그대로 말하시오. 무엇을 줄이거나 345
	악의로 적지도 마시오. 그러면 당신은
	분별없이 너무 많이 사랑했던 사람을
	질투를 쉽게 하진 않지만 하도록 만들면
	극도로 혼란되는 사람을, 제 손으로

	자기네 부족보다 더 값진 진주를 던져 버린	350
	비천한 인도인 같은 자를, 차분한 두 눈은	
	기분 따라 쉬 녹진 않지만 아라비아 나무가	
	약용 진액 흘리듯 눈물을 줄줄 쏟는 사람을	
	말해야만 할 것이오. 그렇게 적으시오,	
	거기에 덧붙여 한번은 알레포 시에서	355
	머리에 터번 두른 심술궂은 터키 놈이	

자기네 부족보다 더 값진 진주를 던져 버린　　350
비천한 인도인 같은 자를, 차분한 두 눈은
기분 따라 쉬 녹진 않지만 아라비아 나무가
약용 진액 흘리듯 눈물을 줄줄 쏟는 사람을
말해야만 할 것이오. 그렇게 적으시오,
거기에 덧붙여 한번은 알레포 시에서　　　355
머리에 터번 두른 심술궂은 터키 놈이
베네치아인을 때리고 그 나라를 욕했을 때
내가 그 할례 한 개새끼의 목을 잡아
찔렀다고 하시오. ─ 이렇게! 　(자신을 찌른다.)

로도비코　오 피비린 마침표다!

그라티아노　　　　　모든 말이 헛되구나.　　360

오셀로　죽이기 전에도 키스했지. 이 길밖에,
자살하고 키스하며 죽을 수밖에 없다.
　　　　　　　(데스데모나에게 키스하고 죽는다.)

카시오　의기가 높았던 분이라 이걸 염려했지만
무기가 없다고 생각했소.

351행 인도인　사절판(Quarto)은 '인도인', 이절판(Folio)은 '유대인'으로 되어 있다. 어느 쪽을 택하느냐에 따라 해석이 크게 달라지기 때문에 많은 논란을 불러일으키는 부분이다.

352행 아라비아 나무　미르라 나무로, 그 진액은 약으로 쓰였다.

355행 알레포 시　이곳에서 기독교인이 터키인을 때리는 것은 사형을 받을 수 있는 범죄였다. (뉴케임브리지) 또한 그곳은 동서 간의 중요한 무역 거점이었으며 (베네치아처럼) 영국의 대리인이 살고 있었다. (아든)

로도비코　　　　　　(이아고에게) 오, 스파르타 개놈아,

넌 고뇌와 굶주림과 바다보다 잔인하다.　　　　　365

저 침대에 실려 있는 비극을 보아라,

네놈의 소행이다. 눈 버리는 광경이니

감추어라. 그라티아노 어른, 이 집을 지키고

무어인의 재산을 압수토록 하십시오,

어른에게 상속될 테니까. 그리고 총독님께　　　　370

지옥 같은 이 악당의 판결을 넘깁니다,

시간과 장소와 고문까지. 오, 강제하십시오!

저는 곧장 배에 올라 이 무거운 행위를

무거운 마음으로 정부에 고하리다.

　　　　　　　　　　　　　　　　(모두 퇴장)

오셀로는 왜 질투하는가?

    윌리엄 셰익스피어(1564~1616)는 『티투스 안드로니쿠스』 (1593~1594)를 시작으로 『아테네의 티몬』(1607~1608)까지 총 10편의 비극을 썼다. 이들 비극은 그 내용이 다양하여 한마디로 정의하기는 어렵다. 그러나 이들이 비극으로 분류되는 이유는 적어도 두 가지 공통 요소를 갖추고 있기 때문이다. 우선 이들은 우리 관객이나 독자들에게 전체적으로 기쁨보다는 슬픔을 준다. 그 슬픔의 성격이 단순하거나 복잡할 수도 있고 그 정도가 약하거나 강할 수도 있지만 어쨌든 우리의 마음을 가라앉히 들뜨게 하지는 않는다. 둘째, 극의 시작은 비록 가볍거나 희극적일 수 있어도 그것은 곧 타협할 수 없는 갈등으로 치닫고 결국에는 주인공의 죽음으로 마무리된다.

    『오셀로』(1604)에서는 네 명의 등장인물이 죽는다. 이들은 모두 5막에서 죽는데 그 순서는 로데리고, 데스데모나, 에밀리아, 오셀로이다. 이 가운데 로데리고는 데스데모나에게 구애하는 또 하나의 남자로서 오셀로의 연적 역할을 한다. 물론 로데리고는 능력이나 인품이나 지위에 있어서 오셀로에 대적할 만한 인물이, 연적으로 부를 만한 인물이 전혀 못 된다. 그러나 이 둘은 두 가지 점에서 같은 역할을 한다. 둘 다 데스데모나를 사랑하고, 둘 다 이아고의 꾐에 빠져 죽는다는 사실이다. 한 사람은 그녀에게 구애하기 위해 온갖 보물을 바쳤으나 하나도 그녀에게 전달되지 않고 모두 이아고의 손으로 들어갔으며, 결과적으로 그녀와는 말도 한번 못 해 보고 이아고의 칼에 맞아 가련한 생을 마감한다. 그리고 다른 한 사람 역시 이아고의 교묘하고 끈질긴 질투심 유발 계획에 넘어가 아내를 죽이고 결국 자신도 자결하는 운명을 맞이한다. 이처럼 로데리고는 진짜 바보로서 처음에는 바보가 아닌 것 같았던 오셀로와 대조되면서 끝에 가서는 오셀로 역시 같은 인물임을 강조하는 역할을 한다.

로데리고와 더불어 에밀리아의 죽음 역시 오셀로의 바보짓을 폭로하고 강조하기 위한 장치이다. 그녀는 우연히 오셀로가 데스데모나에게 준 손수건을 주워 자기 남편 이아고에게 넘긴다. 그리고 이 손수건이 오셀로의 질투심을 일으키는 결정적인 증거의 역할을 한다. 그래서 에밀리아는 의도하지는 않았지만 본인도 모르는 사이에 데스데모나의 죽음에 크게 일조한다. 그리고 그 사실을 알았을 때 자신의 실수를(그 손수건은 카시오가 데스데모나에게서 받은 게 아니라 자신이 주워 남편 이아고에게 줬다는 사실을) 밝힌 뒤 이아고의 칼에 살해된다. 그녀는 죽기 직전 오셀로의 바보짓을, 그가 데스데모나라는 천사를 아내로 둘 자격이 눈곱만큼도 없음을 만천하에 알리면서 죽는다. 이처럼 로데리고와 에밀리아는 그들의 죽음으로 오셀로의 데스데모나 살해가 얼마나 어리석은 짓인지를 몸을 바쳐 증언한다. 그러므로『오셀로』의 모든 사건은 오셀로가 왜 데스데모나를 죽이고 스스로 죽을 수밖에 없는지에 초점을 맞추면서 진행되고 핵심 주제 또한 이 두 죽음의 과정과 의미를 통해 전달된다.

『오셀로』의 핵심 주제는 질투심이다. 오셀로의 피부색 때문에 생기는 인종 문제, 그리고 그가 이슬람에서 기독교로 개종한 것처럼 보이기 때문에 생기는 종교 문제가 있기는 하지만 이 둘은 오셀로의 질투심을 강화하는 장치이지 핵심 주제는 아니다. 왜냐하면 오셀로는 다른 어떤 이유보다도 질투심 때문에 데스데모나를 죽이고 아무런 죄도 없는 그녀를 죽였다는 사실을 알고 난 다음에는 스스로 죽는 수밖에 다른 결말을 생각할 수 없기 때문이다.

그렇다면 오셀로는 왜, 어떤 과정을 통해 데스데모나를 죽일 만큼 강력한 질투심을 일으키게 되었을까? 이에 대한 논의의 시발점으로 이 문제에 대한 그 자신의 생각부터 들어 보자. 오셀로는 자결하기 직전 로도비코를 비롯하여 자신의 불행한 범죄의 전말을 알게 된 극 중 청중들에게 다음과 같이 말한다. 그는 로도비코가 자신의 행적과 인간성을 베네치아 정부에 고할 때 자신을 "있는 그대로" 그리고

무엇을 줄이거나

악의로 적지도 마시오. 그러면 당신은

분별없이 너무 많이 사랑했던 사람을

질투를 쉽게 하진 않지만 하도록 만들면

극도로 혼란되는 사람을, 제 손으로

자기네 부족보다 더 값진 진주를 던져 버린

비천한 인도인 같은 자를, 차분한 두 눈은

기분 따라 쉬 녹진 않지만 아라비아 나무가

약용 진액 흘리듯 눈물을 줄줄 쏟는 사람을

말해야만 할 것이오. (5.2.345~354.)

라고 말한다. 여기에서 우리가 가장 주목해야 할 말은 질투이다. 왜냐하면 그 밖의 감정과 행위는 모두 질투와 연결되어 이미를 갖기 때문이다. 그가 데스데모나에게 품은 지나친 사랑은 그와 같은 크기의 질투심을 일으켰고, 그 결과 어리석게도 "자기네 부족보다 더 값진 진주"인 아내를 죽여 버렸으며, 그 사실을 안 지금 자신의 행위를 뉘우치며 아라비아 나무가 진액을 흘리듯 눈물을 줄줄 쏟고 있기 때문이다. 그렇다면 이제 우리는 질투심에 대한 오셀로의 자기 평가가 과연 올바른지 따져 봐야 할 것이다. 만약 그것이 옳다면 그의 살인죄는 약간은 정상 참작이 될 것이고, 그렇지 않다면 그것은 죽기 직전 자신의 이미지를 좋게 하기 위한 변명에 지나지 않는 것으로서 그의 죄를 더욱 가중시킬 것이기 때문이다.

그는 쉽게 질투하지 않는 사람일까? 그의 사랑 표현만 보

면, 그리고 3막 3장에서 벌어지는 이아고의 유혹 장면 전까지
드러나는 그의 성품만 보면 그는 쉽게 질투하지 않을 사람처
럼 보인다. 특히 그가 이아고에게 자신의 자유보다 데스데모
나를 더 사랑한다고 밝히는 장면(1.2.25~28)이라든지, 한밤중
에 자신을 찾아 온 브라반티오 일행과 자신을 지키려는 수하
군인들이 동시에 칼을 빼 들었을 때 그들 모두를 단 한마디
로 제압하는 용기와 위엄(1.2.59)이라든지, 베네치아 원로원 의
원들 앞에서 자기와 데스데모나 사이에 있었던 사랑의 전 과
정을 "솔직하고 꾸밈없이"(1.3.91.) 밝히는 정직성과 당당함이라
든지, 그리고 그가 폭풍을 뚫고 미리 키프로스 해안에 도착한
데스데모나를 만났을 때 느낀 황홀감을 보면 그는 결코 질투
따위의 감정을 일으킬 사람 같지 않아 보인다. 특히 마지막에
언급된 그의 사랑 표현은 질투와는 거리가 아주 먼 것처럼 보
인다.

                    오, 내 영혼의 기쁨이여,
    폭풍 뒤에 언제나 이런 평온 깃든다면
    바람은 죽음을 일으킬 때까지 불고 불어
    고생하는 돛단배를 바다 언덕 저 위로
    올림포스만큼 올렸다가 천국에서 지옥 가듯
    다시 내리꽂아라. 난 지금 죽어도 지금이
    가장 행복할 것이오, 왜냐하면 내 영혼은
    절대 만족 맛봤기에 이 같은 안락이
    미지의 운명 속에서도 이어질 것인지

염려하기 때문이오. (2.1.187~196.)

　물론 여기 오셀로의 감동적인 언어에서 우리는 위험의 징
조를 좀 느낄 수도 있다. 그것은 바로 그의 감정이 극단으로
치닫는 경향이 있다는 사실이다. 그의 사랑이 천국과 지옥을
오갈 듯이 말한다거나, 그가 지금 당장 죽어도 가장 행복한
시간에 죽는다고 장담하는 태도가 그런 경향을 드러낸다. 하
지만 이는 만약 그에게 질투심이 일어났을 경우 위험이 확대
될 가능성이 있다는 말이지 그 이전에는 그의 사랑의 심도와
강도를 효과적으로 전하는 비유일 뿐이다. 그러므로 지금까지
오셀로의 사랑 표현이나 인간 됨됨이에서 우리는 그가 쉽게
질투에 빠질 사람이라고 판단할 근거를 찾지 못한다.

　그런데 저 유명한 이아고의 유혹 장면(3막 3장)에서 오셀로
가 그의 속임수에 넘어가는 과정을 지켜보면 우리는 그가 쉽
게, 너무 쉽게 질투심에 혼을 빼앗기는 인물임을 알 수 있다.
여기에서 '쉽다.'라는 말은 그가 질투라는 감정에 빠지는 과정
상의 용이함이나 경박함보다는(그런 점도 없지 않지만) 오히려
이아고가 제기하는 의문이나 증거가 너무나 하찮을 뿐만 아
니라 그 근거가 너무나 희박하여 만약 정상적인 남녀 간의 구
애 과정을 조금이라도 거친 사람이라면 그 이면의 진실을 쉽
사리 알아채거나 알아낼 수 있음을 뜻한다. 그래서 오셀로는
이아고가 카시오와 데스데모나의 관계를 의심하는 발언을 했
을 때 곧바로 카시오의 정직성에 의문을 가지기 시작한다. 왜
냐하면 조금 전에 데스데모나가 그에게 카시오의 복직을 간절

히 요구했고 그 복직 요청의 사유로 그녀는 카시오가 오셀로의 구애 과정에서 했던 역할을 언급했기 때문이다. 즉, 오셀로가 카시오와 더불어 데스데모나를 자주 만났고, 그런 자리에서 그녀가 오셀로를 "헐뜯었을 때" 카시오가 항상 그를 편들어 주었다고(3.3.71~73.) 했기 때문이다. 만약 데스데모나가 카시오가 있는 데서 오셀로를 헐뜯었다면 그것은 십중팔구 농담이거나 그녀가 그의 사랑을 확인해 보려고 그랬을 가능성이 가장 크다. 그리고 이는 사랑하는 남녀 사이에 아주 흔한 일이다. 그러나 이런 일에 무지한 오셀로는 곧바로 카시오를 의심하기 시작한다. 그래서 오셀로는 이아고가 "베네치아에서는 여자들이 남편들에게는/감히 못 보여 주는 못된 짓을 하느님은/보시게 한답니다. 그들의 최고 도덕 관념은/안 하는 게 아니라 안 들키는 거랍니다."(3.3.209~212.)라고 하면서 이것이 자국 여성들의 보편적인 성향임을 주장했을 때 그의 말에 솔깃해하면서 —"그렇단 말이지?"(3.3.203.) — 데스데모나를 의심하기 시작한다. 왜냐하면 그는 이방인으로서 이곳 베네치아 사정, 특히 여성들의 취향에 대해서는 아무런 경험이나 지식이 없기 때문이다. 하지만 만약 그가 이런 일에 무지하더라도 그 진위를 확인할 방법은 그럴 뜻만 있으면 언제나 얼마든지 그리고 손쉽게 찾아낼 수 있을 것이다. 그가 보통 남자로서 '정상적인' 사랑을 하는 사람이라면 말이다.

이렇게 한 발짝씩 이아고의 속임수에 빠져들기 시작한 오셀로는 이아고가 지적하는 데스데모나의 이상 행동, 즉 "자신과 같은 나라, 피부색과 신분의/많은 혼인 자리를 좋아하지 않고서"(3.3.239~240.) 자신을 선택한 일을 그녀의 가장 썩고 추하고 부자연스러운 욕망으로 간주하고, 급기야는 자신의 가장 결정적인 약점이랄 수 있는 인종과 나이와 연애 경험 부족까지 언급한다.

> 아마 내가 검은 데다
> 안방 출입 한량들의 부드러운 사교술이
> 없기 때문이거나 내 나이가 황혼기에
> 들었기 때문에 — 깊이 든 건 아닌데 —
> 그녀는 떠났어. 난 상처를 입었고 그 위안은
> 증오심이 돼야 한다. (3.3.272~277.)

그런데 오셀로가 데스데모나를 의심할 만한 근거로 이아고가 제시한 모든 이유(인종과 나이 차이, 경험 부족과 낯선 문화, 장인 브라반티오의 반대와 사회적 편견 등등)는 만약 오셀로가 볼 수 있는 눈과 들을 수 있는 귀가 있었다면 데스데모나의 말 한마디로 사라졌어야 마땅할 것들이다. 왜냐하면 데스데모나는 앞서 1막 2장에서 원로원 의원들 앞에 자신과 오셀로의 관계를 다음과 같이 천명했기 때문이다.

> 제가 이 무어인과 살려고 사랑한 사실이
> 거침없는 제 폭거와 운명 조롱 행위로
> 온 세상에 퍼지기를. 제 가슴은 주인님의
> 바로 그 성품에 철저히 정복당했답니다.

오셀로의 얼굴을 전 그의 마음에서 보았고

또 그의 영예와 용맹스러운 자질에

제 영혼과 운명을 헌납하였습니다. (1.3.251~257.)

이것이야말로 오셀로가 걱정하고 이아고가 미끼로 던진 모든 이유에 대한 데스데모나의 명확한 답변이 아니고 무엇인가. "거침없는 제 폭거"란 아버지와 나라와 베네치아의 온갖 귀족 혼처를 버리고 피부색이 검은 이방인 오셀로를 선택한 과감한 결정을 가리키는 게 아니고 무엇이란 말인가, 게다가 그것이 사회의 규범을 어기는 행위이기에 폭거라고 했고, 이는 동시에 데스데모나가 그런 결정을 의도적으로, 의식적으로 내렸다는 말이 아니고 무엇인가. 오셀로의 성품을 얼굴이 아닌 마음에서 보았다. 세상에 이보다 더 아름다운, 인종 차별을 넘어서는 말이 어디에 있는가. 그런데 오셀로는 데스데모나의 이 말을 들었음에도 듣지 않았다. 왜냐하면 그는 그녀의 입에서 이런 말이 나온 과정과 거기에 담긴 그녀의 마음을 전혀 읽지 못했으니까.

그래서 오셀로는 이아고의 손수건 함정에 쉽게 빠진다. 그가 조금만 정신을 차렸다면 이아고가 문제의 손수건으로 카시오가 수염을 닦는 걸 보았다고 했을 때 그것을 떨어뜨린 사람은 데스데모나였지만 그녀더러 그것을 줍지 않고 "버려둬요. 자, 당신과 함께 들겠소이다."(3.3.297.)라고 했던 사람은 바로 자기 자신이라는 사실을 알았을 것이다. 그래서 손수건을 잃은 책임은 그녀가 아니라 사실은 자신에게 있다. 그런데도 이미 질투심에 미친 그는 최악의 상상을 마다하지 않았고 드디어는 카시오가 그녀와 잤다고, 그것도 셀 수 없이 여러 번 잤다고 확신하고 결국에는 자기 아내를 목 졸라 죽이는 지경에 이르게 된다. 이것이 쉽게 질투심을 일으키는 사람이 아니라면 누가 그런 사람일까? 그가 질투에 빠지는 과정 전체는 꽤 길다고 할 수 있지만 그가 이아고의 속임수에 넘어가는 매 단계마다 그는 너무 쉽게 이아고의 조작된 증거를 받아들인다. 그러고는 결국 돌이킬 수 없는 파국으로 자신을 몰아간다.

그렇다면 오셀로는 왜 이렇게 비극적인 질투심을, 그것도 너무 쉽게 품게 되었는가? 그 원인은 크게 두 가지로 볼 수 있다. 첫째는 데스데모나를 향한 오셀로의 사랑에 내재하는 본질적 허점이다. 1막 3장 원로원 장면에서 오셀로는 자신의 온갖 기이한 인생 여정을 배경으로 깔면서 자신과 데스데모나가 서로의 사랑을 확인하는 과정을 설명하고 다음과 같이 끝을 맺는다.

> 그녀는 제가 겪은 위험 땜에 절 사랑하였고
> 전 그녀가 그걸 정말 동정해서 사랑했죠.
> 이것이 제가 쓴 유일한 마법이랍니다. (1.3.168~170.)

여기에서 오셀로가 말하는 "마법"은 그가 비유적으로 쓴 말이지만 실제로는 그가 데스데모나의 사랑을 얻게 된 방법을 정확하게 설명한다. 마법은 실제 일어나지 않은 일을 일어나는 것처럼 보이게 만드는 속임수인데, 데스데모나가 사랑한 것은 오셀로라는 사람이 아니라 그가 겪은 위험이고 그것은 실제가 아니라 이야기 속의, 허구 속의 위험이다. 이것이 오셀로가 생각하는 그녀의 사랑의 실체이다. 따라서 그가 쓴 마법과 그가 얘기한 허구는 둘 다 실재하지 않지만 실재와 같은 효과를 낸다는 점에서 같다고 할 수 있다. 물론 오셀로가 자기 인생 여정에서 말한 사건들이 모두 진실일 수도 있다. 아마도 데스데모나는 그것을 사실로 받아들이고 감동을 받았을 것이다. 만약 오셀로의 얘기가 모두 진실이라면 문제는 그 다음 단계에 있다. 왜냐하면 오셀로는 데스데모나를 그녀 자체로 사랑한 것이 아니라 그녀가 자신의 이야기 속 위험을 정말로 동정해서 사랑했기 때문이다. 즉, 사람이 아니라 그의 위험에 대한 그녀의 동정을 사랑했다는 말이다. 그런데 이 동정은 오셀로의 얘기, 그 가운데서도 과거의 얘기에 의존하기 때문에 얘기가 달라지거나 사라지면 동정도 바뀌거나 사라진다. 그리고 바로 여기에 오셀로가 처음에는 의식하지 못했던 그의 사랑의 존재론적인 허점이 있고, 바로 거기에서 데스데모나에 대한 그의 의심과 불안감이 생겨난다. 왜냐하면 우리가 보았듯이 오셀로가 데스데모나와 결혼한 뒤로 생긴 일들은 그의 예전 경험과는 판이하게 다르기 때문이다. 기이하기는 마찬가지이지만 동정심을 불러일으키기는커녕 엄청난 질투심과 살인을 불러오는 사건들의 연속이기 때문이다.

오셀로가 쉽사리 질투심에 빠지게 되는 두 번째 원인은 이아고의 기만 작전이 아주 적절하고 유효하기 때문이다. 오셀로는 오직 얘기 하나로 데스데모나의 마음을 사로잡았기 때문에 보통 사람들의 연애 과정에서 일어날 수 있는 중간 단계를 모두 건너뛴 채 비밀 결혼까지 갔다. 오셀로 본인은 적어도 3막 3장의 유혹 장면까지는 그렇게 믿고 있다. 그래서 둘 사이에 다리를 놓아 준 카시오의 존재라든지 약간의 사랑싸움과 비슷한 실랑이(힐뜯기)는 우리가 앞서 보았듯이 오셀로 본인이 아닌 데스데모나에 의해 언급된다. 그리고 그제야 오셀로는 카시오의 중매 사실을 인정한다. "마이클 카시오가 당신의 사랑을/알았어요?"라는 이아고의 질문에 오셀로는 "알았지, 처음부터 끝까지."라고 하면서 카시오가 데스데모나와 안면이 있었을 뿐만 아니라 중매 역을 "퍽 자주 했"다는 사실까지 처음으로 밝힌다.(3.3.96~102.) 그리고 나서 오셀로는 우리가 앞서 보았듯이 그동안 숨겨 왔거나 억눌러 놓았던 자신의 약점과 데스데모나에 대해 자연스럽게 생길 수 있는 의문과 그에 따른 그녀의 변심이나 다른 선택을 떠올리게 된다. 그리고 결국 자기의 피부색과 사교술 부족과 나이 때문에 그녀가 자기를 떠났다고 결론짓는다. 이는 오셀로가 보통 남자들의 일반적인 구애 과정을 거치지 않았다고 해서 그런 과정과 관련된 감정이 아예 없는 것이 아니라 잠시 동안 그것들을 마음속 깊은 곳에 묻어 놓았을 뿐이라는 사실을 드러낸다. 한마디로 사랑에 관한 한 그도 결국 보통 남자이고 누구나 보는 것을 보았으며 누구나 느끼는 것을 느꼈다. 흑색과 백색 피부의 명확한 대조, 나이와 문화와 삶의 방식의 차이, 사랑과 성에 대한 태도의 차이 등등을 말이다. 그는 이러한 차이점을 보았지만 무시하거나 억눌러 놓았을 뿐이다. 아니, 자기들의 사랑은, 특히 자신의 사랑은 그런 것들을 초월했다고 자부했다.

그러나 이아고는 바로 이런 차이점과 그런 차이점에 기초한 남녀 관계에서 생길 수 있는 일반적이고 보편적인 문제점에 주목한다. 그리고 그것을 일단 로데리고를 설득하는 데 반복적으로 사용한다. 이아고는 로데리고가 사랑이라 부르는 고상한 감정이 실은 욕정에 지나지 않음을 설파한다. 그리고 인간은 이 욕정을 조정할 수 있는 이성의 능력이 있다고 말한다.

> 우리의 삶이라는 저울에서 한쪽의 이성이 다른 쪽의 욕정과 균형을 맞춰 주지 않는다면 우린 본성의 저급한 욕정에 이끌려 참으로 어처구니없는 결과를 맞을 거야. 하지만 우리에겐 이성이 있어서 발광하는 충동, 색욕의 자극, 무절제한 쾌락을 식혀 주는데, 내가 보기엔 당신이 사랑이라 부르는 것도 이런 것들 가운데 한 줄기나 가지야. (1.3.332~339.)

여기에서 이아고의 표현은 매우 거칠고 부정적이지만 그 대강은 일반론적으로 타당하다. 인간의 내면에 이성과 욕정이 서로 다투고 있으며 어느 쪽이 우세하느냐에 따라 인간이 될 수도 짐승이 될 수도 있다는 것은 누구나 받아들일 수 있는 명제이다. 그런 다음 이아고는 이 일반론을 오셀로와 데스데모나의 관계에 적용한다. 두 사람에게는 이성이 있기 때문에 "데스데모나가 이 무어인을 계속 오래 사랑한다는 건 있을 수 없어. (중략) 그도 마찬가지고. 그녀로선 격정적인 출발이었으니까 그에 걸맞은 결별을 보게 될 거야. (중략) 이 무어인들은 욕

심이 변하는 자들인데 (중략) 지금은 그에게 캐롭처럼 맛있는
음식도 머지않아 땡감처럼 떫은맛이 날 거야. 그녀는 그를 젊
은 남자와 바꿔야 해. 그의 몸에 물리게 되면 잘못된 선택이었
음을 알 테고 사람을 바꿔야만 해. 반드시. (중략) 자네가 그
녀를 즐길 거야."(1.3.349~367.)라고. 그리고 이런 이아고의 주
장은 로데리고에게 먹힌다. 그것은 단지 로데리고가 바보 같은
신사여서가 아니라 이아고의 말이 일반론적으로 설득력을 갖
기 때문이다. 이아고의 말에서 과장과 어둡고 추한 색채를 걷
어 내면 그의 요지는 분명하다. 인간은 마음이 변하는 존재이
고 그 변화는 욕심이 좌우하며 따라서 데스데모나와 오셀로
사이처럼 분명한 차이가 나는 결합은 그 열기가 식을 경우 당
연히 깨어지게 되어 있다. 이는 남녀 관계에서 흔히 있을 수
있는 일이다.

그렇다면 문제는 오셀로와 데스데모나의 관계가 특수하여
이아고가 설정한 남녀 관계의 일반적인 틀을 벗어날 수 있느
냐이다. 3막 3장의 유혹 장면까지는 그럴 수 있는 것처럼 보인
다. 그러나 3막 3장에서 드러나는 오셀로의 강력한 질투심은
이아고의 가정이 근거 없지 않음을 보여 준다. 그리고 이때 우
리 청중이나 독자에게 오셀로의 급격한 변화를 좀 더 빨리 좀
더 쉽게 받아들이게 만드는 것은 다름 아닌 이아고가 로데리
고를 통해 반복적으로 강조한, 그래서 관객들에게 천천히 알
게 모르게 주입시킨 남녀 관계의 일반론이다. 우리는 오셀로
의 화려한 사랑 표현 때문에 이아고의 '불편한 진실'을 멀리했
지만 오셀로가 드디어 로데리고와 꼭 같은, 아니 그보다 더 못

한 바보가 되어 데스데모나를 죽이는 지경에 이르렀을 때 그것의 위력을 실감한다.

우리가 지금까지 살펴본 바처럼 오셀로는 쉽게 질투하는 사람이면서 또한 쉽게 질투하지 않는 사람이다. 그러나 만약 그의 질투가 그의 사랑에 내재한 존재론적인 결함과 이아고의 뛰어난 속임수에 근본적인 원인이 있다면 그는 쉽사리 질투하는 사람이 아니다. 따라서 그가 사태의 전모를 파악하고 났을 때 자신을 칼로 찌른 행위는 그가 데스데모나를 죽인 바보 같고 수치스러운 죄를 깨끗이 씻어 줄 수는 없지만 어느 정도의 속죄는 된다. 그리고 그는 이 자결로 자신의 사랑이 순수했음을 그리고 질투심으로 그녀를 죽일 만큼 강렬했음을 몸으로 보여 줌으로써 상당한 고귀함과 위엄을 되찾으며 죽는다.

끝으로 이 번역은 E. A. J. 호니그만(E. A. J. Honigmann) 편집의 아든(The Arden Shakespeare) 판 『오셀로(Othello)』를 기본으로 하고, G. 블레이크모어 에번스(G. Blakemore Evans) 편집의 리버사이드 셰익스피어(The Riverside Shakespeare) 판과 조너선 베이트(Jonathan Bate)와 에릭 라스무센(Eric Rasmussen) 편집의 RSC(The Royal Shakespeare Com-pany) 판을 참조하였다.

작가 연보

1564년   아버지 존 셰익스피어와 어머니 메리 아든의 장남으로
          스트랫퍼드어폰에이번에서 태어나 4월 26일 세례를 받
          았다.

1582년   11월 여덟 살 연상의 앤 해서웨이와 결혼했다.

1583년   큰딸 수재너가 5월 26일 세례를 받았다.

1585년   큰아들 햄닛과 둘째 딸 주디스(쌍둥이)가 태어나 2월 2
          일 세례를 받았다.

1588년   최초의 극작품들이 런던에서 공연되기 시작하여 가족
          들을 두고 이주했다.

1590년   3부작 『헨리 6세(Henry VI)』를 2년에 걸쳐 집필했다.

1592년   이후 1594년까지 시집 『비너스와 아도니스(Venus and
          Adonis)』, 『루크리스의 강간(The Rape of Lucrece)』 출간

하고, 두 시집 모두 사우샘프턴 백작에게 헌정했다. 로드 체임벌린스 멘 극단의 주주가 되었다. 『리처드 3세(Richard III)』, 『실수 희극(The Comedy of Errors)』, 『티투스 안드로니쿠스(Titus Andronicus)』, 『말괄량이 길들이기(The Taming of the Shrew)』, 『베로나의 두 신사(The Two Gentlemen of Verona)』등을 완성했다.

1595년   『사랑의 수고는 수포로(Love's Labour's Lost)』, 『존 왕(King John)』, 『리처드 2세(Richard II)』, 『로미오와 줄리엣(Romeo and Juliet)』, 『한여름 밤의 꿈(A Midsummer Night's Dream)』, 『베니스의 상인(The Merchant of Venice)』, 『헨리 4세 1부(Henry IV, Part 1)』, 『윈저의 즐거운 아낙네들(The Merry Wives of Windsor)』를 1597년까지 연이어 발표했다.

1596년   아들 햄닛 사망. 부친의 문장을 사용하는 것을 허가받았다.

1597년   스트랫퍼드에서 뉴 플레이스 저택을 구입했다.

1598년   두 해에 걸쳐 『헨리 4세 2부(Henry IV, Part 2)』, 『헛소문에 큰 소동(Much Ado About Nothing)』, 『헨리 5세(Henry V)』, 『줄리어스 시저(Julius Caesar)』, 『좋으실 대로(As You Like It)』등을 집필했다. 셰익스피어의 극단이 새로운 글로브 극장으로 옮겨 갔다.

1600년   『햄릿(Hamlet)』을 발표했다.

1601년   시집 『불사조와 산비둘기(The Phoenix and the Turtle)』를 출간하고, 『십이야(Twelfth Night, or What You

Will)』, 『트로일로스와 크레시다(Troilus and Cressida)』,
『끝이 좋으면 다 좋다(All's Well That Ends Well)』를 완
성했다.

1601년   부친 사망. 9월 8일 장례.

1603년   엘리자베스 여왕 사망. 스코틀랜드의 제임스 6세가 영
국의 제임스 1세가 되고, 셰익스피어의 극단이 킹스 멘
이 되었다.

1604년   『잣대엔 잣대로(Measure for Measure)』, 『오셀로
(Othello)』를 발표했다.

1605년   『리어 왕(King Lear)』을 발표했다.

1606년   『맥베스(Macbeth)』와 『안토니와 클레오파트라(Antony
and Cleopatra)』를 발표했다.

1607년   6월 5일 딸 수재너 결혼.

1607년   두 해에 걸쳐 『코리올라누스(Coriolanus)』, 『아테네의
티몬(Timon of Athens)』, 『페리클레스(Pericles)』를 발표
했다.

1608년   모친 사망. 9월 9일 장례.

1609년   『심벨린(Cymbeline)』, 『겨울 이야기(The Winter's Tale)』,
『소네트(Sonnets)』를 1610년까지 두 해에 걸쳐 출간했
다. 셰익스피어의 극단이 블랙프라이어스 극장을 매입
했다.

1611년   『태풍(The Tempest)』을 발표하고 스트랫퍼드로 돌아가
은퇴했다.

1612년   『헨리 8세(Henry VIII)』, 『카르데니오(Cardenio)』, 『두

귀족 친척(The Two Noble Kinsman)』을 1613년까지 집
필했다.

1616년   2월 10일 딸 주디스 결혼. 스트랫퍼드에서 4월 23일 세
상을 떠났다.

1623년   글로브 극장 시절의 동료 배우 존 헤밍과 헨리 콘델이
편집한 셰익스피어의 극작품들이 이절판으로 출판되
었다. 부인 앤 해서웨이가 사망했다.

세계문학전집 53

오셀로

1판 1쇄 펴냄 2001년 9월 5일
1판 79쇄 펴냄 2024년 7월 17일

지은이 윌리엄 셰익스피어
옮긴이 최종철
발행인 박근섭, 박상준
펴낸곳 (주)민음사

출판등록 1966. 5. 19. (제 16-490호)
서울특별시 강남구 도산대로1길 62(신사동) 강남출판문화센터 5층 (우편번호 06027)
대표전화 02-515-2000 팩시밀리 02-515-2007
www.minumsa.com

ISBN 978-89-374-6053-1 04800
ISBN 978-89-374-6000-5 (세트)

세계문학전집 목록

세계문학전집은 계속 간행됩니다.